serenade 小夜曲

愁堂れな

幻冬舎ルチル文庫

CONTENTS ✦目次✦

serenade 小夜曲

✦イラスト・水名瀬雅良

✦カバーデザイン＝清水香苗（CoCo.Design）
✦ブックデザイン＝まるか工房

serenade 小夜曲

1

「それじゃ、お疲れ」

野島《のじま》課長が残っていた課員たちに声をかけたあと、僕を振り返り、行くぞ、というように頷《うなず》いてみせる。

「お先に失礼します」

皆に挨拶《あいさつ》し課長に続く僕の背に、

「お疲れ様でした」

「お疲れ」

という、課員たちの声が刺さった。刺さっているのは声だけじゃなく、課長とツーショットで飲みに行くのか、という眼差《まなざ》しも感じる。

野島課長のスケジューラーにも、そして僕のスケジューラーにも、今晩はなんの予定も入ってないので、接待ということではないということは皆にもわかる。

ウチの課は課長の人徳もあるだろうが結構結束が硬く、予定がなくても皆で飲みに行くことがよくあるが、課長とツーショットというのは誰が行くにしても珍しい。

昼間には課長に会議室に呼び出されていたし、何かあるに違いない、と皆が思っていることは日中から感じていた。

課内で後輩は小澤《おざわ》一人、あとは皆、先輩だというのに、彼らが僕に『どうした？』と直接尋ねてこない理由は、その『何か』が人事異動——しかも、左遷と思えるような場所への異動に関するものだということまで見抜かれているためだと思われた。

まあどうせ、近々、人はいいんだけど口は軽い課長から、僕の名古屋転勤の話は広まるんだろうけれど、と内心溜《た》め息《いき》をつきつつ僕は課長の背を追いエレベーターホールへと向かった。

名古屋転勤——不意に持ち上がった異動話だった。課長から内示があったのは今から九時間ほど前の午前十時頃だ。

商社に勤めている以上、海外駐在となるかもしれないという覚悟はあった。覚悟どころか、入社時には希望していたくらいだ。

国内にも勿論《もちろん》支社支店はあるのだから、転勤はあり得ると思いついてもよさそうなものだが、周りに国内転勤をした人がいなかったために、その可能性を考えていなかった。

転勤先が海外ならどんな僻地《へきち》に行く場合であっても感じることのない『都落ち』的感情を、国内だとそれが政令指定都市であってもつい、感じてしまう。

名古屋は大都市だし、支社の規模も大きいとわかってはいるが、それでもおそらくこの転勤話を皆が知ったときには、僕へのリアクションに困るのではないかと想像できた。

しかし、それが内示を受けたときの僕の、動揺の理由ではなかった。たとえ異動先がニューヨークやロンドン等のいわゆる『花形』と言われる駐在地であっても同じように動揺したことだろう。

僕が転勤に動揺した理由は——桐生《きりゅう》にあった。

つい先日、桐生にも彼の勤め先でアメリカ本社への転勤話が持ち上がった。いわば栄転であったその話を桐生は断っていたと、彼の部下である滝来《たきらい》から僕は聞かされたばかりだった。断った理由を桐生は最初、僕のためではないと説明した。が、それは僕に気を遣わせまいとしただけで、実際は僕と共にいたいからだと最後には教えてくれた。

本当に申し訳ないと思いながらも、彼の気持ちを嬉《うれ》しいと感じていた僕は、彼に相応《ふさわ》しい男になろうと決意した。その直後に今度は僕のほうにこの転勤の話が持ち上がったのだった。

内示の際、課長の前で酷《ひど》く動揺したからか、それとも内示を出した部下をその夜、ツーショットで飲みに連れていくというのが、野島課長にとっての定番なのか、夕方課長から『今晩飲みに行かないか』というお誘いメールが入った。他に用事はなかったし、課長が僕に気を遣ってくれているのはわかったし、というわけで了承したのだが、おかげでますます課員たちには、異動を悟られることになったかもしれない、と密かに肩を竦《すく》めた。

「何が食いたい？　和食か？　それとも洋食か？」

会社を出てタクシーに乗り込んだあと、課長は僕にそう問いかけてきたが、気を遣ってくれてはいるものの、僕が『なんでもいい』と答えるだろうと見越しているのはミエミエだった。

「なんでもいいですよ」

期待どおりの答えを返すと課長は、

「イタリアンはどうだ？」

と、おそらく彼の希望と思われるジャンルを口にした。別にイタリアンでもかまわない、と頷くと、やはり課長は僕に聞くより前にその店に決めていたに違いないという言葉を口にし、僕を内心苦笑させた。

「青山に最近見つけた店を一応予約しておいたんだ。T社の北沢《きたざわ》さんが紹介してくれた店だから、味のほうは保証できるよ」

「ありがとうございます」

きっと課長はその店に行ってみたかったんだろう。コンプライアンスが厳しく問われている昨今だが、多分今日の支払いは会社持ちになるんじゃないかと、僕は推察していた。

そのことを責める気は勿論ない。野島課長のポケットマネーでおごられるより数倍気が楽だ、と考えていたのだが、店に到着して思った以上に高級感溢《あふ》れる佇《たたず》まいに驚いた。

メニューが出てきて更に驚く。とてもプライベートで来るような値段じゃない、と課長を見ると、課長もまた引き攣《つ》った顔をしていた。

「意外に高いなあ」

北沢さんからは、手頃な値段だと聞いていたんだけど、と課長はもごもごと言っていたが、オーダーの際には下から二番目の値段のコースにしよう、と注文を決めてくれた。

ワインの値段もびっくりするほど高かったので、課長はハウスワインをデキャンタで、と頼んだ。すぐに運ばれてきたワインで乾杯したあと、課長は、

「それにしても驚いたねえ」

と店内を見回し、どう見てもお金持ちそうな客層に、やれやれ、というように肩を竦めた。

「『値段の割には』の基準は人によって違うらしいな。そういや北沢さんの実家は群馬でも有数の名家だったか」

「……すみません」

謝るのも変かなと思いつつも頭を下げると、途端に課長はしまった、という顔になり、フォローに走った。

「いや、すまん。お前に謝ってもらうことなんか一つもない。この店選んだの、俺だしな。それに……」

とここで課長は、少し言いにくそうに口を閉ざしたあと、何を言おうとしているのかな、と彼を凝視した僕の前で軽く咳《せき》払いをし、言葉を続けた。

「結局お前を出すことになったわけだし……詫《わ》びのつもりもあるんだ」

「そんな……」

それこそ課長が謝ることではないのでは、と今度は僕がフォローに走ろうとしたが、課長は僕の言葉を封じ、話を続けた。

「嘘《うそ》でもなんでもなく、お前を出すことに俺は反対したんだよ。なんといってもお前がウチに異動してきてからまだ一年経《た》ってない。頻繁な異動は、モチベーションの低下に繋《つな》がると、随分《ずいぶん》言ったんだが、部長に押し切られてしまった。本当に申し訳ない」

頻繁な異動がモチベーションを下げるというその理由は、使えないからたらい回しにされていると本人が感じる、そのことを指しているんだろう。

実際のところ、仕事ができると言い切る自信はない。が、たらい回しにされるほどできないとも思えない。

僕が内示を受けたときに動揺したのは、そういう理由ではなかった。名古屋に行けば桐生と離れ離れになる、そのことに衝撃を受けたのだったが、それを説明するわけにもいかず、それでも僕は自分のモチベーションが下がっていないことを課長に伝えるべく、

「お気遣い、ありがとうございます」

と気を遣いまくった彼の説明に対し礼を述べた。

「気を遣ったわけじゃないんだ。本当にここだけの話にしてほしいんだが、ローテーション

で若手を名古屋にという話が出たとき、俺は石田《いしだ》を出すつもりだったんだ」

「え……」

正直、僕は課長の話をそれこそ話半分に聞いていた。僕を出したくなかったというのは彼のリップサービスだろう。そうも『たらい回し』ではないと主張するということは、逆に僕には仕事ができないというレッテルが貼られており、それで名古屋に出されたのかも、とまで考えていたので、課長の『暴露』にはびっくりした。

それで唖然《あぜん》とした顔になってしまった僕に課長は、

「本当に誰にも言うなよ？」

と念押しをし、話を続けた。

「石田は入社以来ずっと同じ課だ。海外に出してやりたいが、それにはTOEICの点が足りないんだよ。国内外への異動は将来、昇格の条件になるからな」

「……はあ……」

そういえば、管理職には皆ほとんど同じタイミングでなれるが、なったあとの昇格のスピードには、駐在か転勤経験が関わってくるという話を聞いたことがあった。

ただの噂《うわさ》だと思っていたが、本当だったんだ、とある意味感心してしまっていたが、課長の話を聞いているうちに感心などしていられなくなった。

「三年間のローテーションと期間は決まっているし、石田の将来を考えても今出すのは本人のためになるだろうと計画してたんだが、名古屋の部長からウチの部長宛にお前がほしいと指名が入ったということなんだ。それでお前に決まったんだよ」

「僕に指名、ですか？」

今まで、名古屋支社とのやりとりなどしたことはないし、正直、名古屋の部長が誰なのかも知らない。

なのになぜ、僕が指名されたんだろう、と首を傾《かし》げていた僕に課長が問いかけてくる。

「心当たり、ないのか？」

「まったくありません。名古屋の部長って、どなたでしたっけ？」

「小山内《おさない》さんだ。入社は確か平成元年。出身は東工大だったと思う」

「……やっぱり、まったく心当たりはありません」

名前にも聞き覚えがないし、大学も違う。どう考えてもやはり今まで接点はなかったように思うのだが、とますます首を傾げてしまっていた僕の前で、課長もまた首を傾げた。

「一体どういうことなんだろうな。俺はてっきり、個人的な知り合いか何かかと思ってたんだが……」

今まで仕事上の接点はなかったしなあ、と課長は尚《なお》も首を傾げていたが、ここで二人して考えてもなんの答えも出ない、と早々に気づいたようだった。

「まあ、なぜ名指しできたかは、小山内部長に聞かないかぎりわからないが、今、名古屋の自動車は英語のできる若手が必要だそうなんだ。ウチの課で一番TOEICの点数がいいのは長瀬《ながせ》だからな。もしかしたらそれが指名の理由かもしれないな」

そう言うと課長はデキャンタを取り上げ、相槌《あいづち》の打ちようがなく項垂《うなだ》れた僕のグラスにワインを注《つ》いだ。

「まあ、たった三年だ。本当だったらあと二、三年ウチで頑張ってもらってから海外に出してやりたかったが、国内支社支店も勉強にはなるし、やり甲斐《がい》もある場だと思う。三年経ったら必ず呼び戻すから、頑張ってくれ」

課長はそう言うと、話はそこまで、というようにグラスを掲げた。

「ありがとうございます」

僕もグラスを掲げて応え、二人してワインを飲む。その後、料理が運ばれてきたこともあり、話題は『思いの外高い』この店の料理についてや、紹介者の北沢さんのことへと流れていった。

野島課長は話上手な上に話題も豊富なので、一緒にいて場が持たないことはない。が、今夜の彼は随分と無理をしているように見えた。

それはきっと、僕が酷く落ち込んで見えるからだろう。なんとしてでも僕の気分を守《も》り立てようと、課長は必要以上に頑張っている。

上司にそんなふうに気を遣わせて、申し訳ないとは思っているし、落ち込みを顔に出すなど恥ずかしいという思いも勿論ある。それでも気づけば課長の話に相槌を打つのを忘れて溜め息をつきそうになったり、一人転勤のことを考えたりしてしまう自分を抑えることができないでいた。

それは『落ち込み』ではなかった。僕の頭の中にあるのは、この転勤話をいかにして桐生に伝えるか、そのことだけだった。

桐生は果たしてどう思うだろう。自分は栄転を断っているのに、と、思いはしないだろうか。

普通思うよな――そんなことをぐるぐると考えているうちに、相槌が胡乱《うろん》になってしまう。

桐生が栄転を断ったように、僕も異動の話を断るべきだろうか。だが、根っからのサラリーマンである僕は、転勤の発令を『断る』ことなどしていいのか、とやはり思ってしまうのだった。

だからこそ、桐生が栄転の話を断ったと聞いて衝撃を受けたのだが、可能であれば僕も異動を断るべきだろうか、と、そのことも僕はずっと考え続けていた。

しかしなんといって断る？　東京に残りたいから？　そんなの、誰だって本社には残りたいだろう。ただの我儘《わがまま》と思われて終わるのがオチだ。

それに、桐生と僕とでは社内での立場が違う。桐生は経営側に属した人間で、僕はただの一社員だ。だからこそ、転勤を受け入れなければならないわけで――などという考えが次々と頭に浮かんでしまい、課長との会話はまるで弾まないままにデザートとなった。

食事は確かにそれだけの値段であることが納得できるほど美味だった——と思うのだが、気持ちがあちこちへといってしまっていたために堪能したとは言えなかった。

僕の気持ちを盛り上げようとしてくれていた野島課長は、自身のテンションをあげるために、随分ワインを飲んでいた。一番リーズナブルとはいえ、単体として考えると決して安くはないハウスワインのデキャンタを三度、追加していたが、そのほとんどは課長が飲んだんじゃないかと思う。

デザートまで終わり、いよいよ支払いという段になったので、僕は一応自分も払う、というパフォーマンスをしてみせた。内心、どうせ接待費になるんだろうなと思っていたので、自分でいうのもなんだが酷くおざなりな動作になってしまったが、予想どおり課長は、

「いいよ。俺が誘ったんだから」

と笑顔で首を横に振り、ウエイターにチェックをする合図を送った。

「すみません。ごちそうさまです」

頭を下げた僕は続く課長の言葉を予想していた。

『それは俺じゃなく、社長に言ってくれ』

コンプライアンスがうるさくいわれる昨今、仲間内の飲みを接待費で落とす、というケースは以前と比べると激減した。それゆえ、課長の口からこの言葉がでることも滅多になくな

ってはいたのだが、こうも高い店であるので、おそらく今回は久々に聞けるのだろう——という僕の予想は外れた。

運ばれてきた伝票に課長がカードを挟んで渡す。

「領収証はいかがされますか？」

ウエイターが尋ねたのに課長はなんと、

「いや、いらない」

と首を横に振ったのだ。

「ええ？」

領収証がいらないということはすなわち、この食事が課長の自腹であることを意味する。そんな、と驚いたあまり、思わず僕は大きな声を上げてしまい、ウエイターと課長の注目を集めた。

「なに、そんなに驚いてるんだよ」

課長が苦笑し、ウエイターに対して、問題ないので支払いを、というジェスチャーをする。

「あ、あの、僕も払います」

総額はいくらになるのか、考えただけでも怖い、と僕は今更と思いつつ、慌てて課長に申し出た。

「いらないって言っただろ」

だが課長は決して僕から金を受け取ろうとはしなかった。伝票にサインをしたあと、無造作にレシートと控えをくしゃくしゃと丸めてポケットにつっこみ、

「行こう」

と僕を促し、店の外に出た。

「本当にすみません……」

こんな高価な食事をおごってもらうなんて、と僕は恐縮しまくり、店の外で何度も課長に頭を下げた。

「気にするなって」

課長は豪快に笑うと、僕の肩を抱き、随分と酔って赤らんでいる顔を近づけてきた。

「もう一軒、行こう。今夜はとことん、お前に付き合ってやる！」

「は、はあ……」

付き合ってほしい系のことは言ったつもりはないのだが、課長にそう言われては断ることもできなかった。

「六本木、行こう！」

さあ、と僕の肩を抱いたまま課長は大通りに向かうと、走ってきた空車のタクシーを止め、先に僕を押し込むようにして乗り込んだ。

六本木、という行き先から僕は、課長の向かう先が最近彼が気に入っているというキャバ

クラであることを察していた。

値段がそれほど高くない上に、女の子がルックスも性格もなかなかいい、ということで、お客さんとだけじゃなくプライベートでもよく行ってるらしい。

特にお気に入りの女の子がその店にいるという話は、課内の情報はすべて把握しているというベテラン事務職の安城《あんじょう》さんから教えてもらった。

ミキちゃんという名前まで把握している安城さんの情報網はハンパないと思うのだが、ともあれ、おそらく課長はその『ミキちゃん』の店にこれから向かうものと思われた。

その店も課長の自腹となるのだろう。店内では僕以上に課長が楽しむのだろうから、まあいいかと思わないでもないが、課長には今、大金を出してもらったばかりである。

ここはやはり辞退したほうがよかったか。でも、強引に誘ってきたのは課長だしなあ、と隣で携帯を取り出し電話をかけ始めた彼を見て僕は、密《ひそ》かに溜め息をついた。

「あ、もしもし？　これから二名、行きたいんだけど、席、大丈夫かな？」

課長の電話の相手は、二次会の、おそらくキャバクラ宛だと思われた。空《あ》いてなければそのまま帰ろうという流れになるのでは、と一縷《いちる》の望みを抱《いだ》いたが、次の瞬間その望みは空《むな》しく潰《つい》えた。

「あ、そう。じゃ、よろしく。野島です」

課長の明るい口調から、大丈夫だったらしいと察した僕の口からつい、溜め息が漏れそうになる。いけない、と唇を引き締めたそのとき、電話をスーツの胸ポケットに入れた課長が、不意に話を振ってきた。

「そういや長瀬、お前、彼女には転勤の話、もうしたのか？」

「え？」

なぜ課長がそんな話を振ってきたか、一瞬戸惑いはしたものの、すぐにその理由に思い当たった。

もともと僕は寮に入っていたのだが、桐生と暮らし始めたあとも退寮届けを出していなかった。理由は転居先を会社に知られるのを躊躇《ためら》ったためなのだが、僕がまったく寮に帰らないことがちょっと問題になったことがあって、それを課長に庇《かば》ってもらったのだ。

課長も若い頃は寮住まいだったそうだが、やはり彼女の家に入り浸って殆《ほとん》ど寮には帰らなかったらしい。

そういう実体験があるからか、課長も僕が彼女と半同棲をしているると思っているようだった。実際、彼女ではなく『彼氏』ではあったが、それを課長に説明することはできず、そして半同棲——どころか完全なる同棲生活を営んでいるのも事実であったので、僕は課長の勘違いを訂正せずにいた。

そのため課長は僕に、一緒に暮らすような『彼女』がいると思い込んでいる。それを察したので、できるだけこの話は早めに打ち切ろうと考え、なんと答えるべきかと咄嗟《とっさ》に頭を働かせた。

いもしない『彼女』の話を捏造《ねつぞう》してもボロが出ると思ったし、課長に嘘を重ねるのもどうかと思ったからだが、僕が適当に、

「いやあ」

と誤魔化そうとしたのを、課長は許してくれなかった。

「ところで彼女、何やってるんだ？　ＯＬか？　それとも学生？　年齢は？　秘密主義もいいが、いい加減教えてくれてもいいだろう？」

酔っているせいもあるだろうが、課長はやたらとしつこかった。ここは嘘をつくしかないか、と、なるべく真実に近いことを小出しに話そうと必死で頭を捻《ひね》っていたそのとき、不意に課長が放った言葉に愕然《がくぜん》としたあまり僕は、タクシーの中ということも忘れ大きな声を上げてしまった。

「いっそのこと、転勤を機会に結婚するってのはどうだ」

「け、結婚⁇」

僕の素《す》っ頓狂《とんきょう》な大声は運転手をも驚かせたようで、慌ててブレーキを踏まれ、僕も課長も身体《からだ》を前に投げ出されそうになった。

「す、すみません」

謝罪する運転手に、僕こそ申し訳なかった、と頭を下げ返す。

「あー、びっくりした」

酔っぱらいの課長は今の衝撃で、それまでしていた会話をすっかり忘れてしまったようだった。

「ところで長瀬、お前、名古屋、行ったことあるか？」

まったく別の話題を振られたことに戸惑いながらも、そのほうが好都合と僕は、それからタクシーが六本木に到着するまでの間、二人して行ったことのある——勿論別々にだが——愛知万博の話で盛り上がった。

店に到着したあとはもう、課長の独壇場だった。女の子が数人、テーブルについたその中に、課長のお目当ての『ミキちゃん』もいた。

顔も可愛いし、その場にいた女の子たちの中では一番、気が利《き》く感じだった。それが証明されたのは、キャバクラに来て野島課長の口がますます軽くなり、女の子たち相手に僕が今度異動するのだということを明かしたときだった。

「えー、転勤ってどこですかあ？」

「ニューヨーク？　パリ？」

「商社だったら海外ですよねえ」

「アフリカの真ん中のほうとか、ちょっとキツそう」

「真美《まみ》、香港とかいいなあ」

女の子たちが好き勝手なことをあれこれと喋《しゃべ》る中、

「違う違う、名古屋だよ」

と課長が僕の異動先を言った瞬間、座がしん、となった。

「名古屋……」

「国内なんだあ……」

女の子たちが、困ったな、というように顔を見合わせる。社員だけじゃなく、彼女たちにも『左遷』と思われる異動ってわけだ、と、一人苦笑していた僕にフォローをしてきたのは、課長お気に入りの『ミキちゃん』だった。

「名古屋に知り合い、いますぅ。住みやすい街だっていつも自慢してますよう」

「住みやすいんだ？」

別の女の子が問いかけるのに、ミキちゃんは「そうなんだよ」と頷くと、名古屋の美点を指を折りながら述べ始めた。

「まず、家賃が安いでしょう？　それから、繁華街がまとまってるので遊びやすい。それに、いいゴルフコースもたくさんある上に、プレイフィーも安いんだって。食べ物も美味《おい》しいって言ってた。ひつまぶしにぃ、手羽先、それから味噌《みそ》煮込みうどん」

「あ、あたしも聞いたことある。コメダ珈琲《コーヒー》のシロノワールだっけ。グルメ雑誌に出てたよ」

ミキちゃんに次いで気の遣える女の子がすかさず彼女をフォローする。と、それまでしんとしていた場が活気づき始めた。

「名古屋、子供の頃、万博でいったよ、そういや」

「あー、あたしも行った！」

「子供の頃？　俺なんかもう、働いてたぞ」

ここで野島さんが会話に加わり、そのまま話題は年齢差へと流れていくことになった。

「なんだ、お前ら。大喪《たいそう》の礼とか知らないのか」

「リアルには覚えてないかも」

「あたし、生まれてないしぃ」

「何ぃ？　やっぱ、ジェネレーションギャップだなあ」

きゃあきゃあと女の子たちが盛り上がるのに、課長がおどけてみせる。その後、僕の転勤には誰も触れることがなくなり、楽しげな雰囲気のうちにそろそろ二時間が過ぎようとしていた。

「課長……」

延長にすると料金が嵩《かさ》む。ここは一応僕も出すつもりではあったが、そう注意を促したのは、ぶっちゃけ、そろそろ帰宅したいなと思っていたためだった。

時刻は既《すで》に午前零時を回っていた。こう言っちゃなんだが、僕は課長ほど楽しんでいなかったし、何より桐生より早く帰って、彼にこの転勤のことをいかにして伝えるかを考えたかった。

「あー、そうだな」

すっかりいい気分だった課長も、僕の声がけで我に返ったようだ。ミキちゃんに会計を頼んだのを見て、やれやれ、と安堵した僕は、まだまだ人生経験を積んでない甘ちゃんだった。

「えー、もうちょっと、いいでしょう？」

ミキちゃんが甘えた口調でそう言い、上目遣いに課長を見る。

「そうよう。まだ十二時だもん。延長、しようよう」

僕の隣に座っていた女の子も、帰らすまいとばかりに僕にしがみつき、スーツの胸のあたりに顔をすり寄せてきた。

「ちょ、ちょっと……」

口紅がつく、と慌てた僕を見て、彼女が「あー」と大きな声を上げる。

「わかった。彼女の家に帰るんだー」

「それなら口紅、つけちゃえー」

逆から別の女の子が、ふざけて僕に抱きついてきた。

「あのねえ」

慌てて押し戻そうとした、その姿を見て課長が「いいなあ」と本気なんだか冗談なんだかわからない言葉を発する。

「やきもちぃ？」

そんな課長にミキちゃんが抱きつき――といっても、いやらしい感じではなく、軽いスキンシップという様子だったが――結局延長が決まったようだった。

それから二時まで、課長はハイテンションのまま突っ走り、ようやく店を出るときにはもう、べろべろに酔っぱらっていた。

大通りでつかまえたタクシーに課長を乗せようとすると、

「これ、使え」

とチケットをくれようとしたので、慌てて断った。

「いいから」

時節柄、タクシーチケットにはなかなかお目にかかれなくなっていた。多分課長は自分では使わず、自腹を切るつもりなんだろう。

結局店の会計も課長一人がカードで支払い、僕が出すと言っても決して受け取ろうとしなかった。

いったい今日一晩で課長の出費はどれだけになったのかと思うと、申し訳なさすぎる、と、僕はせめてチケットは押し戻し、それでも渡そうとする課長を振り切ってもう一台のタクシーに乗り込んだ。

行き先を告げ、携帯を開いて着信とメールをチェックする。もう二時か、と溜め息をついた僕の頭に、桐生の顔が浮かんだ。

桐生は帰宅しているだろうか。さすがに二時なら戻っているか、と心の中で呟《つぶや》いた僕の唇からまた溜め息が漏れる。

彼のことだからまだ寝てはいないだろう。帰宅したらすぐ、転勤のことを切り出そう。やはり少しでも早く伝えたほうがいいだろうし、と頭ではわかっているのに、ふと気づくともう一人の自分の声が頭の中で響いている。

『こんな深夜にへヴィな話はしなくていいんじゃないか？』

『どんなふうに話すか、ちゃんと頭の中で整理してから伝えたほうがいい。まだ今夜は準備不足だろう』

『そもそも、名古屋に行くことで気持ちの整理はついたのか？　本当はまだ、迷ってるんじゃないのか？』

『迷うも何も、サラリーマンだ。転勤命令は断れないだろう』

『でも桐生はアメリカへの栄転を断った。お前のために』

「…………」

はあ、とまたも深く溜め息をついている自分に気づき、僕ははっと我に返った。そのまま暗い車窓を見やり、流れゆくオレンジの街灯を目で追うが、僕が見ているのは街灯ではなく幻の桐生の姿だった。

僕のために桐生が栄転を断ったのはついこの間のことだ。なのに僕は彼に、転勤が決まったと言うことができるんだろうか——。

できるわけがない、と、窓ガラスに額をぶつける。冷たいガラスの感触を心地よく感じながらも僕は、やはり今夜は何も言わずにいようと心を決める自分の不甲斐なさに、この上ない不快感を感じていた。

2

築地《つきじ》のマンションに到着したのは、二時半になる少し前だった。精算して車を降り、エントランスを潜《くぐ》ってエレベーターホールへと向かう。

上昇するエレベーターに目眩《めまい》を覚えたのは、二軒目で散々飲まされたせいで酔っぱらってしまっていたためだった。

明日もまた、いつもどおり早くに起きなければいけないんだが、と溜め息をついたところでエレベーターは三十八階に到着し、扉が開いた。

部屋へと向かう足取りが我ながら重い。結局、桐生に打ち明ける決意はつかないままでいた僕は、先延ばしにするのはよくないとわかりながらも、せめて明日の朝、報告しようと心を決めた。

鍵《かぎ》をポケットから取りだし、鍵穴に差す。開いた扉の向こう、廊下の突き当たりにあるリビングには明かりがついていた。

やっぱり桐生は帰っていた、と思いながら僕は中に入って鍵をかけ、靴を脱いで廊下を進んだ。

「ただいま」

声をかけながら入ったリビングのソファで桐生は寛《くつろ》いでいた。

「おかえり」

手にはスーパードライの缶があり、テレビの画面には古い映画が映っている。珍しいな、と思わずその画面に目をやると、桐生はリモコンを取り上げ電源を落とした。

「酔ってるな」

立ち上がり、僕のほうへと歩み寄ってくる桐生に、普段と変わった様子はない。しかし桐生が映画を観て夜更かしなんて、本当に珍しいなと思った僕の頭にふと、もしや僕を待っててくれたんじゃないかという考えが浮かんだ。

僕の帰宅が桐生より遅くなることはあまりない。接待のときなどには僕のほうが遅く帰ることもあったが、そういう場合は朝、彼が家を出る前に『今日は接待』と言うようにしている。

今日は野島課長に急に誘われたために、遅くなる系のアナウンスをすることもなかった。それでもしや、二時を過ぎても帰宅しない僕を心配して起きていてくれたのでは、と問おうとしたときには桐生は僕のすぐ前まで到達しており、ビールを持った手を腰へと回していた。

「接待？」

問いながら唇を寄せてきた彼の背を抱き締め返しながら、僕は首を横に振った。

「接待じゃなく、社内」

「…………」

当然、落ちてくると思っていた桐生の唇が僕の唇に触れる直前でぴたりと止まる。

「……？」

既に目を閉じてキスのスタンバイをしていた僕は、なんだ？　と薄く目を開き、焦点が合わないほどに近づいていた桐生の目線を追った。

「…………あ……」

彼の視線の先、僕のスーツの襟元にべったりと残っていたファンデーションのあとを見つけ、慌てて言い訳をしようと口を開く。

「これ、課長に連れられていったキャバクラの女の子がふざけてつけただけだよ」

「御社は相変わらず不景気とは無縁だな。プライベートの飲みにキャバクラに行くのか」

桐生の嫌みたっぷりな口調に、テンパってしまったこともある。冷静になれば、単に彼は僕をからかっているだけだと気づいただろうに、心に後ろ暗いことを——転勤の件だ——抱えていたため僕は、言う必要のなかったことまで口走ってしまっていた。

「普段ならキャバクラまで僕も付き合わないんだけど、今日は課長と二人だったし、課長が気を遣ってることもわかっていたしで……」

「なんで課長がお前に気を遣うんだ？」

と、そのとき冷静な桐生の声が響いたのに、僕はまたも、はっと我に返ったのだった。

「それは……」

桐生の手は最早僕の腰から離れていた。先ほどまではからかうような口調であったその声音も、訝《いぶか》しげなものに変わっている。

何より僕をじっと見据える目を真《ま》っ直《す》ぐに見返せない、と顔を伏せた僕の頬《ほお》に、不意に冷たい缶が当てられた。

「ひゃっ」

冷たい、と悲鳴を上げたと同時に思わず顔を上げた、その視線を真っ直ぐにとらえ、桐生が問いかけてくる。

「何かあったのか？」

「……うん……」

何もなかった、と答えることはとてもできなかった。それじゃ彼に嘘をつくことになってしまう。

なんということだ。どう打ち明けるか、心の準備などまったくできていないというのに、僕は今、まさに自身の転勤のことを桐生に打ち明けざるを得ない状況に追い込まれてしまっていた。

「……実は今日、異動の内示が出て、それで課長が飲みに連れていってくれたんだ……」

「異動？」

目の前で桐生の目が大きく見開かれた。端整というにあまりある顔をしている彼は常にクールな表情をしており、こうした驚いた様子を見せることはあまりない。新鮮なその表情に一瞬見惚《みと》れそうになっていた僕だが、次の瞬間にはそんな場合じゃない、と我に返っていた。

「うん……」

場所を聞かれるかな、と思いつつもただ頷く。そう思ったのなら先回りして『名古屋だ』と言えばいいものを、躊躇ってしまったのはやはり、心のどこかで左遷だと思っていたためかもしれない。

「どこへ？」

予想どおり――予想するまでもない当たり前の展開だが、桐生は場所を聞いてきた。

「……名古屋……」

「…………」

答えると桐生がまた、少し目を見開いたのがわかった。海外ではないことに驚いたのかもしれない。

次に彼はなんと言うだろう。

『受けるのか？』

そう聞かれるのではないかという僕の予想はしかし――外れた。

「いつから名古屋に？」

「……え？」

問い返してしまったのは、心のどこかで桐生が『行くのか？』または『行くな』と言ってくれるのではないかと思っていたためだった。そんな僕に桐生がまた、どうした、というように少し目を見開く。

まずは答えなければ、と僕は気を取り直し、口を開いた。

「来月一日《いっぴ》の発令だから、多分来月の半ばには行くことになるんじゃないかと……」

「そうか」

桐生はあたかも、今、二人の間で交わされている会話の内容が、明日の天気といった、そう重要ではないような——天気だって充分重要だとは思うが——感じの相槌を打つと、ニッと笑い僕に問いかけてきた。

「水、持ってこようか？　ビールを飲むというのならそれでもいいが」

「あ、あの、桐生？」

会話がそのまま終わってしまいそうなことに驚いたせいもある。が、それ以前に僕は桐生に謝らなければと、キッチンへと向かいかけた彼の腕を摑《つか》んだ。

「なんだ？」

桐生が不思議そうな顔で僕を見下ろす。

「あの……ごめん、こんなことになって……」

どう言えばいいのかわからない。だが、謝罪だけはしたいと頭を下げた僕の耳に、桐生の淡々とした声が届いた。

「お前が謝ることじゃないだろう？」

するり、と僕の手の中から桐生の腕が抜かれる。そのままキッチンへと向かおうとする彼の背に僕は、殆ど考えがまとまらないまま謝罪を続けた。

「桐生はアメリカへの栄転を断ってくれたのに、今度は僕が転勤させられることになって……ほんとにごめん」

「気にするな。日本企業のサラリーマンには余程のことがないかぎり、転勤を断ることなんかできないんだから」

桐生が振り返り苦笑する。その背に僕は思わず駆け寄り抱きついていた。

「どうした」

桐生が身体を返し、僕の背を抱き締め返す。

「……なんだか自分が不甲斐なさすぎて……」

ぽろりと口から漏れた言葉は僕の偽らざる本心だったというのに、それを聞いて桐生はぷっと吹き出した。

「なに？」

笑う場面じゃないような、と顔を上げると、桐生が「悪い」と苦笑する。

「不甲斐ないことはない。転勤は誰の上にも平等に降りかかってくる可能性があるものだからな」

「……でも……」

桐生はその『可能性』をはね除《の》けたというのに、唯々諾々《いいだくだく》と受けるしかない自分はやはり不甲斐ないと思う、と続けようとした僕の唇を桐生の唇が塞《ふさ》ぐ。

「ん……」

触れるようなキスをし、一瞬で離れていった彼の唇が僕に誘いの言葉を囁《ささや》く。

「ベッドに行くか？」

「その前にシャワーを……」

ふと我に返ると、キャバクラで女の子たちに囲まれていたので、化粧品や香水の匂いが移ってしまっている気がする。それはあんまり桐生にとっても気持ちのいいものではないんじゃないかと思い、浴室に行こうとしたが、桐生は僕の腕を摑んでそれを制した。

「シャワーなんて、終わってから浴びればいい」

「終わってからって……」

何が、とはっきり口にしたわけじゃないが、性行為を思わせる言葉を告げられ、頬に血が上っていく。

「今更」

と、また桐生はそんな僕の顔を見てぷっと吹き出すと、未《いま》だに手にしていたスーパードライの缶を口へと運び、一気に飲み干したあとにそれをテーブルへと下ろした。

「今更ってなんだよ」

そんな彼に問いかけると桐生は再び僕の腕を掴み、顔を覗《のぞ》き込むようにしてにっと笑いかけてくる。

「奥様は恥ずかしがり屋だと思ってな」

「……奥様はもういいよ」

それこそ今更だ、と口を尖《とが》らせた僕の、その唇に桐生はまた、ちゅ、と音を立てて軽くキスすると、

「行こう」

と僕を促し、二人は寝室へと向かった。

「ちょ、ちょっと、桐生……っ」

互いに服を脱ぎ合うというのが、最近の僕たちのパターンだったのだが、ベッドの前に立った途端に桐生は僕のスーツを脱がせ、ネクタイを解《ほど》きにかかった。

「なんだ？」

「自分で脱ぐし」

煌々《こうこう》と明かりの灯《とも》る下、桐生に服を脱がされるという状況がなんだか今夜はとても気恥ずかしくて、彼の手を振り払おうとしたのだが、

「たまにはいいだろ」

桐生は僕の制止などどこ吹く風とばかりに、逆に僕の手を振り払い、しゅる、と音を立ててネクタイを引き抜くと、続いてシャツのボタンを外し始めた。

「…………」

それなら、と僕も桐生のシャツのボタンを外そうと手を伸ばす。が、手先の器用さでも彼には劣るため、彼のボタンを二つ外した頃には僕は桐生にシャツを剝《は》ぎ取られ、下着代わりのTシャツも脱がされていた。

「わ」

上半身を裸にされた状態でベッドに押し倒され、ぎょっとした声を上げた唇を桐生が唇で塞いでくる。

「……っ」

さっき二回ほどしてくれた、触れるような軽いキスではなく、痛いほどに舌を絡めてくる濃厚なくちづけに、急激に酔いが回ってきたようで頭がくらくらする。

その間に桐生は僕のベルトを外し、スラックスを下着ごと両脚から引き抜くと掌《てのひら》を胸へと這《は》わせてきた。

「ん……っ……んん……っ……」

乳首が擦《こす》られる刺激に、びくっと身体が震える。漏れそうになる声をくちづけで塞がれ、息苦しさを覚えたが、その苦しさが僕の欲情をますます煽《あお》り立てていった。

「……っ……ん……っ……」

早くも勃《た》ち上がった乳首を、桐生の指先が摘《つま》み上げる。痛みを覚えるほどの強さに、また も僕の身体はびくっと反応し、急速に下半身に血が集まっていくのを感じた。

硬さと熱を孕《はら》み始めた己の雄が、桐生のスラックスに擦れる。そこで僕は改めて、自分ばかりが裸にされ、桐生の服装が少しも乱れていないことに気づいた。

なんだか自分の欲望ばかりが露《あら》わにされているのは恥ずかしい、と抗議の声を上げるべく、顔を背《そむ》けてキスを中断しようとするのだが、桐生の唇はどこまでも追いかけてきて僕の口を貪《むさぼ》るように塞ぎ続ける。

「きりゅ……っ……」

そうしながらも彼の手は僕の乳首を苛《いじ》め続けていた。きゅうっと抓《つね》ったかと思うと、次には爪を立てて肌にめり込ませる。そして次には親指の腹で転がすように愛撫し――と、間断なく胸を責められ、身体に力が入らなくなっていく。

ますます雄が勃ち上がっていくのもまた恥ずかしく、必死で首を横に振り桐生の唇から逃れようとするのだが、意地悪からか、はたまた他に意図があるのか、桐生は決してキスを中断させようとしない。

それどころか今度は勃起した僕の雄を握り込んだかと思うと、先端のくびれた部分を親指と人差し指の腹で弄《いじ》り始め、ますます僕を追い詰めていった。

「……っ……ぁっ……んんん……っ」

喘《あえ》ぎたいのにキスで口を塞がれ、声を発することができない。すべて喉《のど》の奥に飲み込まれ、息が詰まる。いよいよ本格的に苦しくなってきて、込み上げる快楽に腰を捩《よじ》らせてしまいながらも必死に両手を桐生の胸に突き、彼を押し上げようとした。

「なに？」

ようやく唇を解放してくれた桐生が掠《かす》れた声で問いかけてくる。

「どうして僕ばかり……っ」

服を脱いでいるのか、と言葉を続けようとしたが、そのとき桐生が僕の雄を勢いよく扱《しご》き上げてきたため、言葉が喘ぎに紛れてしまった。

「あっ……」

「今夜はお前が乱れるところをじっくり鑑賞したいんだ」

だが桐生には僕の言わんとしていることは通じたらしい。にや、と笑ってそう言ったかと思うと、言葉どおりじっと僕を見下ろしながらまた、雄の先端に指を這わせてくる。

「なんで……っ……」

未だ部屋の明かりは煌々と灯ったままだった。一人で裸に剝《む》かれ、快楽に身悶《みもだ》えるさまを『鑑賞』するだなんて、悪趣味すぎる、と非難しようとしたその声もまた、先走りの液が盛り上がる先端に爪を立てられたその刺激に、喉の奥へと飲み込まれていった。

「やぁっ……」

尿道を抉《えぐ》られる、痛みすれすれの感覚に、一気に昂《たか》まる自身を抑えることができず、恥じらいの欠片《かけら》もないような高い声を上げてしまいながら大きく背を仰《の》け反らせた僕に、桐生の冷静極まりない視線が刺さるのがわかる。

「やだ……っ……やっ……あっ……あっ……あぁっ……」

桐生の爪は容赦なくそこを抉り続け、残りの指がくびれた部分を擦り上げる。雄に与えられる直接的な刺激が与える快感に僕は、明かりがついていることも、桐生に観られていることも承知で、ベッドの上で一人、のたうちまくった。

「きりゅ……っ……あっ……もうっ……もうっ……あぁっ……」

酔っぱらっていたせいもあると思う。体内を物凄《ものすご》い勢いで流れる血液が立てる耳鳴りのような音がガンガンと頭の中で響く。

呼吸は上がりまくり、吐く息もとんでもなく熱い。熱いのは息だけじゃなく、胸も、下肢も、それに頭の中までもが沸騰するほど熱く、苦しい、と僕はいつしか、いやいやをするように激しく首を横に振り、桐生に縋《すが》りついてしまっていた。

「いく……っ……いっちゃう……っ……もう……っ……もう……っ……」

僕はこんなに興奮しているのに、桐生が醒《さ》めているのが寂しかった。いくときは一緒にいきたいのに、と、すっかり昂まっていることもあり涙目になってしまいながら桐生を見上げる。

「……まったく……」

と、それまでほとんど表情のない顔で僕を見下ろしていた桐生が苦笑するように笑ったかと思うと、僕の雄から手を離しベッドを下りた。

「あっ……」

不意に刺激を失い、身を捩らせてしまいながら僕は、桐生が背を向けたまま素早く服を脱ぎ捨てていく、その姿にぼうっと見惚れていた。

電気がついていてよかった。逞《たくま》しい桐生の背を、盛り上がる肩の筋肉を、高い位置にある腰を、長い脚を、余すところなく見ることができるのだから、などと、自分でも赤面しそうないやらしいことを考えている自分に気付いたのは、全裸になった桐生が振り返ったときだった。

「あ……」

既に屹立《きつりつ》していた彼の雄を見た僕の口から声が漏れ、続いてごくり、と唾《つば》を飲み込む音が室内に響く。

なんてあさましい。まさに『生唾を飲み込む』心情でいるのがバレバレじゃないか、と我に返った僕は、羞恥から血が上った頬を隠そうと彼から視線を背けた。

「どうした？」

笑いを含んだ声が上から響いたと同時に、両脚を抱え上げられる。今夜はまだ一度も触れられていないのに、明かりの下で露わにされた後孔が桐生の突き上げを求めて早くもひくついている。

それもまたあからさますぎて恥ずかしい、とますます赤らんだ顔を桐生から背けた僕の、その顔をわざと覗き込むようにして、桐生が問いかけてきた。

「どうしたんだ？」

言いながら彼が、僕の片脚を離した手を自身の口元へと運び、人差し指と中指を口に含む。唾液で濡らしたその指の行方《ゆくえ》は既に、僕も察していた。それで腰を更に浮かせるという行動に出た僕を見下ろし、また桐生がくすりと笑う。

「……っ」

恥ずかしい、と再び彼から顔を背けようとしたとき、彼の指が僕の予想したとおり——そして望んでいたとおり、ずぶり、と中に挿《はい》ってきた。

「あっ……」

内壁が激しく蠢《うごめ》き、桐生の指を締め上げる。堪《たま》らず声を上げた僕の耳にまた、くすりと笑

う桐生の声が響いた。

「凄いな」

「や……っ」

呆《あき》れている——というより、からかっているのがわかる口調でそう囁かれ、ますます羞恥に身を焼きながらも、桐生を求める衝動を抑えることができず、尚も彼の指を締め上げてしまう。

「わかった」

欲しいのは指じゃなく、もっと太く逞しいものだという僕の希望は口にするまでもなく桐生には伝わったようだった。

頷いた彼が、ひととおり中を慣らしてから指を引き抜き、代わりに勃ちきった彼の雄をそこへと押し当てる。

「焦るな」

思わず腰を突き出してしまった僕の仕草を桐生は笑うと、恥じらいに頬を染めた僕の両脚を抱え直し、一気に貫いてきた。

「あぁっ……」

待ち侘《わ》びたその感覚に、ベッドの上で僕の背は大きく仰け反り、口からは高い声が放たれた。再び桐生は僕の両脚を抱え直すと、やにわに腰を使い始めた。

「あっ……あぁっ……あっ……あっ……あっ……」

二人の下肢がぶつかり合うときパンパンと高い音が響き渡るほどの激しい突き上げに、今まで快楽の淵を彷徨《さまよ》っていた僕は、一気に絶頂へと導かれていった。

逞しい桐生の雄が突き立てられるたび、頭の中で白い火花が散り、その光で閉じた瞼《まぶた》の裏が真っ白になっていく。

「もうっ……あぁっ……もうっ……もうっ……あーっ……」

スピーディで力強い桐生の律動に、今にも僕は達しそうになっていた。だが、このめくるめく快感を少しでも長く体感したくもあって、必死で射精を堪《こら》える。

と、桐生が僕の片脚を離したかと思うと、抱えていたほうの脚を高く上げ、自身の肩へとかけさせた。身体が横向きとなったところに、桐生は尚も激しく突き上げ続ける。

「やぁっ……あっ……あっあっあっ」

松葉崩しという体位だ、と冷静な頃なら悟っていたかもしれないが、今の僕にその余裕はなかった。更に奥深いところを抉られる刺激に、頬を当てたシーツを摑み、いきそうになるのを必死で我慢する。

「もうっ……もうっ……あぁっ……もうっ……」

『もうもう』と、牛じゃないんだから——なんて自分への突っ込みを入れることもまた、できるような状態じゃなかった。達したいけど達するのがもったいない、そんなジレンマでおかしくなりそうだった僕は、恥ずかしいくらいに高く叫び続けていたのだが、そんな僕のジレンマを桐生は、先走りの液に塗《まみ》れべたべたになっていた雄を握り扱き上げることで解消してくれた。

「アーッ」

直接的な刺激に耐えられず、一段と高い声を上げて達した僕は、彼の手の中に白濁した液をこれでもかというほど吐き出していた。

「くっ……」

桐生も同時に達したようで、ずしりとした精液の重さを中に感じる。はあはあと整わぬ息の下、桐生を見上げると、桐生はにこ、と微笑《ほほえ》みながら身体を落とし、唇を塞いできた。

「ん……」

呼吸を妨げぬようにという配慮をしつつ、唇を落としてくる彼のキスを受け止める。次第に脱力した身体に熱が戻ってくるのは僕ばかりではないようだった。

「……大丈夫か？」

囁いてきた彼に、こくん、と首を縦に振って答える。わかった、と微笑み頷いた桐生が再び僕の両脚を抱え上げてきたとき、中に収まったままだった彼の雄は既に硬度を取り戻していた。

「あっ……」

ゆっくりと桐生が僕を突き上げ始める。繋がった部分から、先ほど彼が放った精液が、ぐちゅ、という音と共に外に滴《したた》り落ちた。

その音に、そして生温かなそれが腿《もも》を伝わり落ちる、気色が悪いとしかいいようのないその感触に、ますます欲情を煽られてしまっていた僕は、両手両脚で桐生の背にしがみつき、自ら腰を突き出して彼の動きを誘ってしまったのだった。

「大丈夫か？」

二度目の絶頂を迎えたあと、どうやら僕は失神してしまったらしい。ミネラルウォーターのペットボトルを頬に当てられ、意識を取り戻したことでそうと察し、心配そうに見下ろしてくる桐生に、「うん」と頷いてみせた。

「飲めるか？」

「うん」

身体を起こそうとするのに、桐生は手を貸してくれた。彼がキャップを開けてくれたエビアンをごくごくと飲み干し、はあ、と息を吐く。

「寝るか？」

貸せ、というように手を差し出してきた桐生にペットボトルを渡し、僕はまたも「うん」と頷くと、再びのろのろとベッドに横たわった。桐生も僕が渡したペットボトルをサイドテーブルに置くと、ゆったりした仕草で僕の横に身体を滑り込ませてくる。

睡魔に襲われ、思考力はゼロに近かったが、桐生の温《ぬく》もりが恋しくて彼の裸の胸に身体を寄せた僕の背を、桐生はしっかりと抱き締めてくれた。

「……ん……」

力強いその腕の感触が頼もしい、と彼の胸に顔を埋《うず》める僕の耳に、桐生の少し掠れた声が響く。

「……俺の下で働く気はないか？」

「……え……？」

まったく予想していなかった言葉だった。それゆえ驚き、一気に覚醒した僕を見下ろし、桐生が苦笑めいた微笑みを浮かべながら、先ほどと同じ内容の言葉を囁いてくる。

「俺の社に来ないか？　お前は英語も堪能だし、外資でも充分やっていける素質があると思う」

「桐生……」

桐生が冗談を言っているわけではないということは、彼の真剣な表情が物語っていた。本気で僕を誘ってくれているのか、と思わず真摯《しんし》な眼差しを向けてくる彼を見返した僕に、桐生がまた、苦笑するように微笑んでみせる。

「考えてみてくれ」

そう言い、僕の返事を待たずに彼は「もう寝よう」と囁くと、僕の髪に顔を埋めた。

「…………」

覚醒はしたものの、ほとんど働いていない頭で僕は、彼の今の言葉を何度も反芻《はんすう》し、彼の語るところが僕の理解と一致していると、ようやく理解したのだった。

自分の下で働くといい——今の会社を辞め、桐生の会社に転職することを、彼は望んでいるというのか。

確かに、彼の社に勤めることになれば、僕は名古屋に行く必要はなくなる。それこそ朝から晩まで彼と共に過ごすことができるのだ、ということは勿論、僕の理解の範疇《はんちゅう》にあった。

しかし——。

躊躇いが僕の心を支配していた。このまま桐生の言葉を受け、転職をしてもいいものか。あれほど名古屋転勤を憂《うれ》いていたのだから、この話は喜ばしいことこの上ないはずであるのに、胸の中では一体どうしたらいいのだと逡巡《しゅんじゅん》する気持ちが答えを求めて渦巻き、僕の睡眠をこれでもかというほど妨害していた。

3

翌朝、目覚めたときに桐生はベッドにいなかった。あたりを見回し姿を探した僕の耳に、彼の言葉が蘇《よみがえ》る。

『……俺の下で働く気はないか？』

あれは——本気だったのだろうか。

桐生は冗談を好まない。だから彼が口にしたのであれば、多分本心からだったと思われる。そこまでわかっているにもかかわらず、僕は桐生の言葉を本気と取っていなかった。

否《いな》、本気ととらないようにしていた、という表現が正しい。もしも本気で言われたのだとしたら、どう答えたらいいかわからない、というのが、偽らざる胸の内だった。

桐生の下で働く——今の会社を辞めて、桐生の勤める会社に勤め直す、という選択は、僕の中にはなかった。

桐生がヘッドハンティングされた社に、僕も勤める——果たしてそれは『アリ』なのかがわからないと思う僕の口から、深い溜め息が漏れる。

桐生にしても、彼の部下である滝来さんにしても、物凄く仕事が出来る人、という認識がある。

そこに自分が入り込めるのかな、と考えていた僕の脳裏に、もう一人の自分の声が響いてきた。

『それも選択の一つだと思う』

『何よりお前は、桐生と離れ離れになりたくないんだろう?』

「…………」

桐生と朝から夜まで、職場でも家でも常に共にいられる状況というのは、僕にとっても酷く魅力的な日常だった。

だがそうなれば当然ながら、今の会社を辞めることになる。

退職理由は――名古屋への転勤を受けたくなかったから、とはとても言えないな、と溜め息をつくと僕は起き上がり、シャワーを浴びに浴室へと向かった。

濡れた髪を拭《ぬぐ》いながらリビングダイニングへといくと、桐生はいつものように新聞を読みながらコーヒーを飲んでいた。

「おはよう」

「おはよう」

僕が声をかけると、ちら、と顔を上げて挨拶を返してくれる、その様子にいつもと変わったところはない。

コーヒーメーカーにはすでに桐生が淹《い》れてくれた、僕の分のコーヒーもあったので、キッチンにカップを取りに行き、注ぎながら桐生に声をかけた。

「おかわりは？」

「ああ、頼む」

そんな会話もまるで、いつもと変わらなかった。僕は自分のカップとサーバーを手にテーブルへと向かうと、桐生の向かいの席の前にカップを下ろし、桐生が差し出してきた彼のカップにコーヒーを注いだ。

「サンキュ」

「You are welcome」

礼を言う桐生に、いつもなら僕は何も答えないのだが、なぜか今日は返事を——しかも英語でしてしまっていた。

「…………」

桐生が新聞から顔を上げ、僕を見る。

「なに？」

問い返しながらも僕は、桐生が顔を上げた理由を察していた。

自分でもなぜ、今朝に限ってそんな挨拶を返してしまったのかはわからない。その理由を問われるのかなというのが僕の予想だったのだが、桐生はその予想を裏切った。

ていた。

「いや」

なんでもない、と微笑み、またも新聞に視線を戻す彼を僕は思わずじっと見つめてしまっていた。

「コーヒー、冷めるぞ」

僕の視線を感じたのか、桐生が目を伏せたままそう声をかけてくる。

「あ、うん……」

それではっと我に返った僕はカップを手に取り、桐生お気に入りの豆で淹れたコーヒーを一口飲んだ。

キロ数万というこの豆はルアクという種類のもので、コーヒーの味などどの豆でもそう変わらないように感じる僕でさえも、値段に見合うと納得の美味しさなのだが、今朝はその美味であるはずのコーヒーの味を堪能する気持ちの余裕がなかった。

昨夜《ゆうべ》、桐生に囁かれたと思った、あれは僕の夢だったんだろうか。願望が見せた夢だったと？

だからこそ桐生はいつものとおりの態度で、僕の転勤のことも、自分の社にこないかと誘ってくれたことも話題に出さないのか？

可能性はゼロじゃないが、あれが夢などではないことは、自分が一番よくわかっていた。

なら僕のほうから話題を振ればいいものを、なんと切り出せばいいのか迷ってできないでいる。

いや、迷っているのは切り出し方ではなく、昨夜の桐生の誘いを受けるか否かだ、と僕はコーヒーを飲むのも忘れぼんやりとそんなことを考えていたのだが、そのとき桐生が新聞を閉じ、僕へと視線を向けてきた。

「読むか？」

「……あ……」

読み終えた日経をこうして差し出してくるのも、いつもどおりの行動だった。たいていは寝ぼけている僕が、あとで読む、的なことを言い、桐生が呆れてみせる。

そしてコーヒーを飲み干し「いってきます」と玄関に向かう——というのがいつもの流れだったのだが、その流れを僕はここで途切れさせてしまった。

「どうした？」

『あ』と言ったきり黙り込んだ僕に桐生が問いかけてくる。

「あの……」

なんでもない、と言い、普段の流れに戻すことも勿論できた。が、そうしなかったのは僕が、この『いつもどおり』の流れは桐生が意図的に作っていると——しかも僕のために作ってくれているのだと気づいたためだった。

「桐生、昨夜の話だけど……」

正直、まだ桐生にどう答えるか、その決断はついていない。だが、彼の誘いを『なかったこと』のように流すことはできなかった。

桐生からこの話題を切り出さないのは、多分、答えを迫っているというプレッシャーを僕に与えないためじゃないか。

そんな彼の優しさに甘え、何事もなかったように『日常』を演じるのは、彼に対して失礼だし、甘えまくっていると思う。

ちゃんと考える、という意思表示はするべきだ、と僕は、じっと僕を見返す桐生を見つめながら、あまりまとまっていない考えをあえてまとめつつ、口を開いた。

「……突然のことで、まだ心の整理がついてないんだ。ちょっと考えさせてもらってもいいかな？」

「勿論」

つっかえつっかえ、なんとか言葉を捻り出した僕に対する桐生の答えは、その一言だった。

「それじゃ、いってくる」

そしていつものように立ち上がった彼を僕は、やはりいつものように玄関まで送るべくあとに続いた。

靴を履き、ドアノブに手をかけた桐生の背に、これもまたいつものように僕は、

「いってらっしゃい」

と声をかけたのだが、いつもはそのままドアをでていく桐生が肩越しに僕を振り返った。

「答えを焦らせるつもりはない。お前の人生だ。ゆっくり考えて決めるといい」

「桐生」

それだけ言うと桐生は、呼びかけた僕に、にっと笑いかけ、そのままドアを出ていった。

「桐生……」

ばたん、とドアが閉まる音と、僕の声が重なる。

『お前の人生だ』

その言葉を告げてくれたときの彼の表情がいつもの彼とは少し違って見えたのは気のせいだろうか、と思いながら僕はその場に佇み、彼の出ていったドアを暫《しばら》く見つめ続けてしまったのだった。


出社早々、隣の席に座っていた後輩の小澤が、僕に潜めた声をかけてきた。

「長瀬さん、転勤ってほんとですか？」

「え？」

なぜそれを、と目を見開いた僕は、背後から肩を叩《たた》かれ、はっとして振り返った。

「聞いたよ。名古屋だって？」

そこに立っていたのは先輩の石田で、赴任地までも言い当てている。

これは、と僕は、今離席している野島課長の席を見やり、やれやれ、と溜め息をついた。

野島課長はいい人なんだけど、恐ろしく口が軽いのだ。今朝も僕は始業ぎりぎりの出社となってしまったが、早くに出社していた石田先輩と小澤に、やはり早くから出ていた課長が、内緒だ、とでも言いながら話したに違いなかった。

「ショックです……」

小澤が泣きそうな顔になり僕を見つめる。

「……俺も驚いた」

石田先輩もまた、言葉どおりショックを覚えているような顔をしていた。

「ローテーションだそうですから……」

これはもう、しらばっくれるだけ無駄だと僕は、彼らと同じく周囲に聞こえないような小声でそう言い、あとはどう続けたらいいかわからずにとりあえず、ぺこ、と頭を下げた。

今、僕たちのラインにはこの三人以外、人がいない。が、隣の課には数名が席についていたためだろう、まだこの件について話し足りない様子の石田先輩は僕を、

「ちょっと、コーヒーでも買いにいかないか？」

と誘ってきた。

「あ、はい」

断るのも何かと立ち上がった僕の横から、

「僕も……」

と小澤が声をかけ席を立とうとする。

「誰もいなくなっちゃうだろ」

お前は残れ、と石田先輩に怒られ、また小澤は泣きそうな顔になり腰を下ろした。

なんだか仲間外れのようでかわいそうだとは思ったが、先輩の言うとおりラインに誰もいなくなるわけにはいかない。これも後輩の運命《さだめ》と諦《あきら》めてくれ、と心の中で小澤に両手を合わせると僕は、先にエレベーターホールへと向かい歩き始めていた石田先輩の背中を追った。

「ローテーションの話は聞いてたが、まさか長瀬が出るとは思わなかった」

地下二階の社食に、幸い先客はいなかった。僕と先輩は自販機コーナーでコーヒーを買ったあと——僕の分は先輩がおごってくれた——自動販売機からは遠く離れた食堂の隅まで行き、四人掛けのテーブルで向かいあった。

「だって長瀬、ウチの課にきてから一番日が浅いだろう？　課長も部長も何を考えているんだか……」

先輩は自分のことでもないのに、酷く憤慨していた。たとえローテーションであるにせよ、やはり先輩の認識でも名古屋転勤は『左遷』ということなんだろうな、と思いつつ僕は、これは言っていいのか悪いのか、判断つかないなと迷いながらも、その『理由』を打ち明けることにした。

「どうも、名古屋の部長から僕と指名が入ったそうです。まったく心当たりはないんですが……」

この程度なら別にかまわないかなと思ったのだが、それを聞いた先輩のリアクションを見て僕は、やはり黙っているべきだったかと反省した。

「心当たりがないのに指名？　なんでだ？　お前、名古屋となんて、今まで取引なかったろ？」

「あ、はい」

すごい剣幕、と驚いている僕の前で、先輩はますます興奮していった。

「名指しでお前を欲しいだなんて、どういう事情だったんだろう？　気になるよな。どうして長瀬を指名したのか、名古屋の知り合いにそれとなく聞いてやろうか？」

「い、いや、それは……」

確かに僕だって気になる。気にはなるが、発令前に情報が漏れているのがわかるような行動をとるのはマズい、というサラリーマン的な思考が働いた。

事前に漏れたことがわかれば、発令自体が見直されるケースもある。まあ、僕の場合、それで名古屋行きを免れるのであればラッキーはラッキーだが、だからといってマズいとわかっているのに石田先輩の行動を煽るようなことはすべきではない。

それで僕は慌てて、今の話は野島課長から『ここだけの話』ということで教えてもらったものであり、それが外にバレると課長の立場が悪くなるのでやめてほしいと先輩を宥《なだ》めた。

「まあ、野島さんに迷惑かけるわけにはいかないしな……」

ようやく先輩はトーンダウンしてくれたが、ラグビー部繋がりで今名古屋に駐在している後輩にこっそり聞いてみる、ということまでは『やめてください』と制止することはできなかった。

その後、僕は一日客先とのアポがあり外出していたのだが、夕方社に戻ったときには、課員全員の耳に僕の異動話が回っていたようだった。

課どころか、隣の課の若手まで知ってるんじゃないか、と、同情あふれる視線を向けてくる後輩の一人を見やり、内心溜め息をつく。

そういえば自動車は、人事関係の情報が比較的オープンだったんだ、と今更のことを思い出しながら自分の席に着き、メールチェックをしようとした僕の目に、小澤からのメールのタイトルが真っ先に飛び込んできた。

『第一次壮行会開催の件』

「…………」

まさか、と思って開いてみると予想通りそれは、僕の壮行会だった。

急な話だが、今夜課の有志で第一回目の壮行会を開きたいと思っている、都合はどうか、と聞いてきているメールの文面を目で追っていた僕は、隣から小澤の視線を感じ顔を上げた。

「どうでしょう……」

子犬のような、という表現がぴったりくるつぶらな瞳を前にしては、断るのがはばかられた。webのスケジューラーでも、今夜僕の予定が入っていないことは明らかだ。

何より、壮行してくれるという皆の気持ちを無にするわけにはいかない、と僕は、あと二週間も先の発表になる人事なのにいいのかなと思いつつも、小澤に向かい、

「ありがとう」

と微笑み、大丈夫だという意味を込めて頷いてみせた。

「あ、ありがとうございます！」

小澤の顔に笑みが広がり、すぐにパソコンへと向かう。と、ポン、とメールがきた音が響き、見やった画面にその小澤からのメールの着信表示が出た。

早い、と開くと、どうやら僕のOKが出ることを見越していたようで、今夜の店がぐるなびのリンクで貼られていた。

宛先を見ると課員全員になっている。まさか、と思っているうちに、それぞれから僕宛にメールがきた。

『びっくりしたよう』

というのがベテラン事務職の安城さん。

『一緒に課長を締め上げよう』

というのが、もう一人の先輩の秋本《あきもと》さん。

ほか、石田先輩や課長までも、次々返信をくれ、まだ内内示の段階であるというのに、すっかり僕の周囲は壮行ムードが満ち満ちていった。皆、普段なら残業している時間なのに、六時半には社を出て神保町のタイ料理屋へと向かった。

「しかし、びっくりしましたよ」

「一体どういうことなんです？」

乾杯もそこそこに、僕以外の皆が、僕以上の剣幕で課長に食ってかかり、課長はタジタジとなった。

「俺も中間管理職で辛《つら》いんだよ」

早くも泣きを入れてきた課長に対し、皆、容赦なく突っ込んでいく。

「それにしたって、異動して一年も経たない部下を出しますかね？」

「ローテーションなら別に長瀬さんじゃなくてもよかったんじゃないですか？」

「野島さん、部長にいい顔しようとしたんじゃないですかあ？」

名古屋からの指名ということを僕が明かした石田先輩以外の皆が、口々に課長を問い詰める。

「酷いなあ」

「全然酷くなーい！　イエスマンすぎますよう」

年齢的にも役職的にももっともフリーダムな安城さんが一番しつこく、かつ、辛辣《しんらつ》に課長に突っ込み続ける。そこそこサラリーマンの男性課員たちは、そろそろヤバいかな、という感じで黙ったのだが、怖いモノ知らずの安城さんはどこまでも課長を追い詰めた。

「どうして長瀬さんだったのか、その理由を教えてくださいよう！」

「わかった、わかったよ。名古屋からのリクエストだったんだ。英語ができる若手が欲しいと言われた上で、長瀬を指名してきたんだよ」

口の軽い課長が早々に内情を暴露する。そんなタッチーな話、こうもオープンにしちゃって大丈夫なのか、と心配しているのは僕ばかりで、それまで口を閉ざしていた男性陣も課長の暴露を聞いて色めき立った。

「指名？　向こうから指名してきたんですか？」

「理由は英語だけ？」

「もしかして名古屋の部長、ソッチの気《け》があるんじゃないですか？」

最後の馬鹿馬鹿しい質問をしたのは、まだ店に到着して三十分もしていないのにすっかり酔っぱらった安城さんだった。

「だから顔の綺麗な長瀬さんを欲しがったんじゃ？」

「いや、ソッチの気があるかは知らんが……」

それに真面目《まじめ》に答えてどうする、という突っ込みが入って然《しか》るべきだと思うのに、なぜだか皆真剣に僕の貞操？　を心配し始めた。

「なんかされそうになったら、ちゃんとスピークアップしろよ」

「人事に直接言いづらかったら、こっちに連絡してこい。俺らが人事に訴えてやるから」

「……あの……」

さすがにそれはないと思う、という僕の声は皆が口々に叫ぶ、その喧噪《けんそう》にかき消されていった。

「セクハラだけじゃなく、パワハラってのもありますからね」

「そうそう、スピークアップすると後々の会社生活に支障が出るっていうの、あれは嘘だからな」

「そういや隣の部でセクハラをスピークアップした女子がいたって聞きましたよ」

「あー、だから加藤《かとう》さん、出向したのか〜」

だが幸いなことにその後話題は隣の部の『セクハラ』の噂へと流れていってくれたため、野島課長の『暴露』が尾を引くことはなかった。

一次会の店は混雑してきたために二時間で追い出され、そのあとは近くのカラオケボックスに移動した。

みんなワインで結構酔っぱらっていたこともあり、二次会は僕への壮行歌のラッシュとなった挙げ句に、歌いながらそれぞれが僕に抱きついてきて、場はなんともいえない高揚感に包まれた。

「たった三年だ。必ず呼び戻してやるからな！」

B'zの『さよならなんかは言わせない』を歌いながら課長がそう言って僕の肩を抱き、

「週末はなんか都合つけて戻って来いや」

と、石田先輩も半泣きになりつつ僕を抱き締める。

「あ、ありがとうございます」

「涙で前が見えません〜！」

礼を言う僕の前では、小澤が文字通り号泣しており、送別ムードを否が応でも高めていた。

これでもし、僕が会社を辞めたら、皆、どう思うだろう。

ふとその考えが頭を過《よ》ぎる。ここにいる課員の皆にとって、転勤が嫌だから会社を辞めるという選択肢は端《はな》から頭にないのだろう。

そう、僕がなかったように——。

なのに僕が急に退職を申し出たら、同情に満ちている彼らの眼差しは一瞬にして、非難の眼差しへと変じるだろう。

サラリーマンたるもの、転勤はつきものだ。転勤が嫌だ、と言うのは余程のことがない限り――それこそ、親や妻の介護をしなければ、等の理由がない限りは、単なる我が儘と受け止められる。

僕が退職したあとには、誰かが名古屋に行かざるを得なくなる。それがわかっていて辞める勇気は、今の僕にはなかった。

「ほら、飲めよ、長瀬」

「曲、入れるぞ！　オフコースの『さよなら』なんてどうだ？」

「課長、直接的すぎます～」

こうも僕を守り立てようとしてくれている課の皆に後ろ指を指されるようなことは、やっぱりできない。その思いを新たにしながら僕は、あれこれと皆がかけてくれる言葉や歌に笑い、礼を言い、そして無理矢理一緒に歌わされ――と、温かな人情をひしひしと感じさせられる数時間を過ごした。

結局その日もタクシー帰りになった。先輩たちを見送ったあと、同方向だからと残された小澤を一人タクシーに乗り込ませ、別のタクシーを拾って築地へと戻った。

時刻は今夜も二時を回ってしまっていたが、会社を出るときに飲み会が入ったので遅くなるとメールを入れておいたので、昨夜のように桐生に帰りの遅さを心配されることもないだろう。

あっという間に到着したマンションの前でタクシーを降り、さすがに二時ならもう、彼は寝ているだろうな、と思いつつ、部屋のあるあたりを見上げる。

階数が上すぎて、見上げたところで明かりがついているかどうかなんてわかりはしないのに、と自嘲しつつもその場に立ち止まりじっと部屋を見上げている自分の心理は、自分が一番よくわかっていた。

もし桐生が昨夜のように待っていたとしたらどうしよう——まだ僕は、彼の誘いに対し、なんの答えも用意できていない。

ゆっくり決めればいい、と彼は言ってくれたが、その言葉に甘えていいものか。もしも逆の立場であったなら僕は、すぐにも返事を——イエスの返事を聞きたいと思うだろう。

でも——。

イエス、と答えたい気持ちは勿論ある。が、会社を辞めることができるのか、と言われると、その決意を固めることは未だにできずにいた。

結局、桐生の優しさに甘え、答えを先延ばしにするしかないのか、と自分の優柔不断ぶりに嫌悪感を抱きつつ、僕ははあ、と大きく溜め息を一つつくと、いつまでもマンションの前に佇んでいるわけにはいかないと、部屋に向かって一歩を踏み出した。

「ただいま」

ドアを開け、中に声をかける。リビングの明かりは消えていたが、桐生の靴はあったので帰宅はしているようだった。

となると、寝室かな、と最初に向かってみたが、寝室の明かりは消えている。それなら彼の書斎だ、と、僕は寝室に鞄を置き、書斎へと向かった。

「ただいま」

ノックをし、小さく扉を開いて中を覗く。桐生はパソコンに向かっているところで、僕が声をかけると肩越しに振り返り「おかえり」と答えてくれた。

「何か飲む？」

スーツの上着を脱いだだけの姿を見ると、彼も帰宅したばかりのようだ。机の上に空《から》になったミネラルウォーターのペットボトルが置かれていたのでそう尋ねると、桐生は苦笑し立ち上がった。

「酔っぱらいに世話を焼いてもらうのもな」

「酔ってないよ。そんなには……」

そう言いはしたが、言われてみれば息が酒臭い、と口を手で押さえる。

「水が欲しいのはお前だろうに」

そんな僕の姿を見て桐生はまた苦笑すると、ドアのところまでやってきて僕の頭をぽん、と叩いた。

「送別会か？」

「あ、うん。非公式だけど」

「お前の課は結束が硬いな」

そんなことを話しながら桐生が僕の腰を抱くようにして廊下を進み、キッチンへと向かう。

「今日はキャバクラへは行かなかったのか」

「うん、神保町でカラオケだった」

「カラオケね……随分行ってないな」

そんな、普段の会話を交わしながら冷蔵庫を開け、それぞれにミネラルウォーターのペットボトルを手に取る。桐生の口調にも僕の口調にも、不自然なところはない——はずなのに、やはりふと訪れた沈黙は、やたらと不自然に感じられた。

「今日はちょっとやることがある。先に休んでいてくれ」

居心地の悪さを感じたのは僕だけではなかったようで、桐生はそう微笑むと、持っていたペットボトルで軽く僕の頭を小突き、一人キッチンをあとにした。

「仕事の邪魔してごめん」

彼の背に声をかけると、桐生は気にするな、というように振り返って微笑み、そのままリビングへと抜けドアを出ていった。バタン、とドアの閉まる微《かす》かな音が響くと共に、僕の口からは、かなり大きな溜め息が漏れてしまっていた。

溜め息をつきたいのは、僕じゃない。桐生だ。離れ離れにならないためにも、自分の下で働かないかと誘ってくれた、その答えを考えもせずに夜中まで飲んだくれている、そんな恋人を目の前にして、溜め息が漏れないわけがない。

本当にどうしたらいいのか——桐生の誘いに乗るか。それとも断り名古屋に行くか。

自分の希望は勿論、東京に留《とど》まり桐生の傍《そば》にいることだけれど、その選択は果たして社会人としてはあっているのか。

あっているも何も、自分が選択することで人がどう思おうが気にするべきじゃないだろうに、と僕はまた溜め息をつくと、ペットボトルのキャップを開け水を飲んだ。

「……っ」

勢いよく傾けすぎたせいか、変なところに入ってしまい、げほげほと咳き込む。本当に何をやっているんだか、と涙目になりつつ、キッチンにあったタオルで濡れた顔や服を拭っていた僕の脳裏にはそのとき、先ほどの桐生の、自然でありながらどこかいつもとは違うように見えた笑顔が浮かんでいた。

翌朝、桐生と僕は普段どおりの朝を迎えた。桐生がベッドに入ってきたのは三時半を回っていたというのに、彼はいつものように六時には起き出し、シャワーを浴びに一人浴室に向かっていった。

寝るのが遅かったからか、桐生が僕を求めてくることはなかった。そういったことは初めてじゃなく、今までも何度もあったというのに、僕はそのことに無意識のうちに『意味』を見出《みいだ》してしまっていた。

桐生より遅れて起きだし、ダイニングへと向かう。

「おはよう」

朝の光景はやはりいつもどおりで、桐生はコーヒーを飲みながら新聞を読んでおり、コーヒーメーカーには僕のための一杯も既に作ってあった。

それから二人で、ぽつぽつと会話が交わされるのもいつものことなら、出がけに桐生が新聞を僕に渡し、

「それじゃ、行ってくる」

と微笑んだのも、いつもどおりの朝の情景だった。

「いってらっしゃい」

「この週末はどうする？」

毎週金曜日の朝には、玄関で桐生がそう問うてくる。それもまたいつものことだった。不景気のために、僕のような若手が接待ゴルフに駆り出されることもなくなったため、僕側では土日に予定は滅多に入らない。

桐生はたまに出社したり、それこそ接待ゴルフがあったりと、毎週末フルで家にいることのほうが珍しいのだが、いつも予定を聞いてくるのは彼だった。

「特に予定はないんだけど……」

と答えた僕に桐生は「俺もだ」と微笑むと、それじゃ、と唇に軽くキスし、ドアを出ていった。

「いってらっしゃい」

背中に声をかけると、最後に肩越しに振り返り微笑んでくれる。それもいつもどおりの彼なのだけれど、彼が出ていったあと僕は変に脱力してしまっていた。

桐生の気持ちはわからない。が、僕は必死で『いつもどおり』であろうとしていた。桐生との日常を失いたくない、その思いが働き、『いつも』を演じようとする。

そうも失いたくないのなら、会社を辞める決意を固めるべきだよな、と自分でも思うのだが、その思いも実際出社すると萎《しぼ》んでいってしまうのだった。

会社では二日酔いの顔をした課員の皆が僕に「お疲れ」と声をかけてくれた。野島課長も連ちゃんのため、相当疲れているようだが、それでも笑顔を忘れず僕に声をかけてきた。

退職すればここにいる皆とは、完全に縁が切れる。異動してまだ数ヶ月だが、課長をはじめこの課は本当にハートフルでいいメンバーが揃《そろ》っていると思う。

彼らに後ろ指を指されるようなことはしたくないな、とは思う。だがそれはそのまま転勤を受け入れるということを意味している。

本当にどうしたらいいんだ、と僕はその日も一日、そのことばかりを考えて過ごした。

夕方に客先とのアポイントメントが入っていたので、直帰させてもらうことにし、家に向かう途中、ふと、そうだ、この週末、実家に戻ってみようという考えが浮かんだ。

ゴールデンウイークも戻ってないし、本当に名古屋に転勤することになれば、当分帰ることはできないだろう。そういや、ちょっと前に浩二《こうじ》に——弟に、嫌みを言われたばかりだった、と思い出したので、一度帰ってみるかと考えたのだが、そんな考えが浮かぶこと自体、僕はもう名古屋に行くつもりでいるのかもしれないな、と気づいた。

「…………」

退職するのであれば、前広《まえびろ》に言うべきだろう。月初に上司に申告し月末に辞めるなんて非常識なことはすまい、というくらいの常識を僕は持ち合わせていた。

最短で三ヶ月前には言うべきだろうが、来月にはもう僕の発令は発表になる。となるともう、今すぐにでも課長に退職の意志があることを伝え、他の人間を名古屋に出してもらわなければならない状況であるということも勿論、僕にはわかっていた。

それでも言い出せないのは退職の決意を固めることができないからだが、その理由は二つあった。

一つ目は、転勤が嫌だからといって会社を辞めていいのか、という考え。

そしてもう一つは——桐生の下で働く能力が果たして自分にあるのか、という己に対する自信のなさ、だった。

決断は早くに下さなければならない。そのために僕はもしかしたら、実家の父母の意見を聞こうとしているのかもしれなかった。

成人して随分経つのに、今頃親を頼るというのも情けない。そう思いはしたが、家に帰り着く頃には実家行きを決めていた。

帰宅したのは七時過ぎだった。当然ながら桐生は帰っていない。久々に僕も早く帰れたので、冷蔵庫の中のもので何か作ってみよう、と思いついた。

自炊にはまったく縁がなかったが、桐生と暮らすようになり、意外に——なんて言ったら怒られるが——料理上手の彼に少しずつ教えてもらっていた。

といっても自力で作れるものは限られているので、カレーにしよう、と決める。子供にでも作れるメニューだが、他はちょっと、独力で作る自信がなかった。

肉と、それにタマネギがなかったので、近所のスーパーに出かけて仕入れ、その後はだらだらとテレビを観ながらカレー作りにかかった。

作る、といってもルーは市販のものだし――だからそう不味《まず》いものはできないだろうという安心感がある――結構すぐ作業は済んだ。

あとは煮込むだけ、となったので、鍋を弱火にかけながら洗い物などをする。その間にも僕は、桐生が帰ってきたら、明日は実家に戻ろうかなと思う、と切りだそうと考えていた。

「……そうだ……」

となると、週末、桐生は一人になるな、という考えに至ったとき、僕の頭に、桐生を僕の両親に紹介しようか、というアイデアがふと浮かんだ。

『恋人です』と紹介する勇気はまだないが、親しい友人としてなら紹介できる。自分がゲイだという自覚がまったくなかったため――実は今もその自覚はないのだ。桐生のことは好きだが、他の男には恋愛感情を持ったことがないからだ――『カミングアウト』という概念を、僕は持っていなかった。

ひょんなことから弟には桐生との関係を知られてしまったが、その弟が案外簡単に二人のことを受け入れてくれた、そのせいかもしれない。

僕の両親はいわゆる普通のサラリーマンと専業主婦で、ゲイとは無縁の生活をしてきた人たちだと思う。

差別の心はないと信じたいが、自分の息子がゲイだと急に知らされたら普通に動揺はしそうだった。だが、桐生のことは紹介したいなと僕は考え、彼が帰宅したらそのことを相談しようと帰宅を待っていた。

午後九時を過ぎても桐生は戻らなかったので、仕方なく僕は一人で自分の作ったカレーを食べた。自画自賛ではあるものの、結構美味《うま》くできた、と微笑んでいたとき、玄関のドアを開く音が聞こえた。

「おかえり」

玄関に迎えに行くと、桐生は少し驚いた顔で僕を見た。

「早いな」

「うん、今日は直帰だったから」

そう答えた僕の顔を桐生がまじまじと見つめてくる。

「なに？」

「カレーの匂いがするんだが」

「作ったんだ」

訝しそうに問うてきた彼に、鼻がいいなと思いつつ頷くと、桐生は更に驚いたように目を見開きぼそりとこう呟いた。

「明日は赤い雪が降る」

「なにそれ」

要は、僕が料理をするなど珍しすぎる、と言いたいのだろうが『赤い雪』はさすがに失礼だろう、と彼を睨《にら》むと、

「冗談だ」

と桐生は笑い、僕を抱き寄せてきた。

「急に料理だなんて、どんな心境の変化だ？」

「今日は帰りが早かったんだよ。それだけ」

キスの合間に答えを返し、桐生を見上げる。

「そうか」

微笑み、桐生は僕に唇を押し当ててきたあと、腰に回していた腕を解いた。

「早速ご相伴にあずかろうかな」

そう言い、顔を覗き込んできた桐生の表情に曇りはない。が、そのとき僕の頭に、もしや桐生はこう考えたんじゃないか、という思いが浮かんだ。

急に料理をするその理由は、僕が名古屋での一人暮らしを決意した、その表れなんじゃないか——。

違う、と言いかけたが、何が違うのかと問われたら、何も答えられなくなる気がして僕は

結局口を閉ざした。桐生はそんな僕を見て、一瞬何か言いかけたが、やはり彼もまた何を言うこともなく、僕の肩を抱き直しただけだった。

僕の作ったカレーは正直、『食べられる』くらいのレベルだったが、一口食べて桐生は「美味い」と言ってくれた。

「お世辞はいいよ」

「どうしてそう、自己評価が低いんだか」

「だって桐生が作ってくれるほうが美味しいじゃないか」

またも僕と桐生の間で、いつものような会話が繰り広げられていく。朝同様、作り物っぽく感じてしまいながらも、それを指摘するのが怖くて僕は、『いつもどおり』を演じ続けた。

少し飲むか、と桐生に誘われ、食事のあと僕たちはリビングでワインを飲み始めた。

つまみは桐生がささっと作ってくれたのだったが、その出来映えは僕のカレーとは比べものにならないくらい素晴らしかった。

「やっぱり、お世辞だったんじゃないか」

「まだ言うか」

拗《す》ねてみせると、桐生が楽しげに笑う。そんなところもなんとなく作った感がある、と感じているのは僕だけではなく、桐生もきっと同じことを考えていると思われた。

それでも僕らはワイングラスを傾けながら、殆どどうでもいいような話を続けていた。

今、二人が語るべき本題は、アメリカの景気の話でも同期の噂話でもなく、僕が名古屋に行くか否か——桐生のもとで働くか否かということだというのは、お互い痛いほどに理解している。

もしも僕が『どうしたらいいか？』と相談したら、桐生はそれなりに答えてくれることだろう。が、僕も相談を持ちかけなかったし、桐生も敢《あ》えてその話題を避けていた。

桐生が何も言わないのは、選択を僕に任せたからだ。ゆっくり考えろ、とは言ってくれたが、その『ゆっくり』はどのくらいの猶予と考えているのか。

一週間や十日待たせるのは悪い。でも一日二日じゃとても決められない。

だがきっと桐生なら、即、選ぶことだろう。アメリカ転勤を断ったときに彼が決断を下すのにどのくらい時間がかかったのか、相談されなかった僕は知る由もないのだが、きっと桐生のことだ、即断即決したに違いない。

そんな彼にとって一日以上、自分の進路を迷うのはあり得ないことなのかもしれない。そんなことをぼんやりと考えていた僕は、桐生に呼びかけられたのに気づかなかったようだ。

「長瀬？」

軽く頬を叩かれ、はっと我に返ったことでそう察した僕は、慌てて、

「ごめん、なに？」

と桐生に問い返した。

「……酔ったのか？　と聞いたんだ」

桐生は一瞬、何か言いかけたが、ふっと微笑むとそう言い、僕の顔を覗き込んできた。

「あ、うん」

気づかぬうちにグラスを重ねてしまっていたようで、言われてみれば随分酔っぱらっている気がした。酔いは僕がぼんやりしていた原因ではないのだけれど、と思いながらも頷くと、

「そろそろ寝るか？」

と桐生は僕の手からワイングラスを取り上げ、テーブルに下ろした。

「うん」

寝る——今夜、彼は僕を抱いてくれるだろうか。抱いて『くれる』というのも変な表現だが、ふと僕の頭にその考えが浮かんだ。

「俺はもう一仕事、してから寝ることにするよ」

桐生がまた、ふっと笑ってそう言い、二人分のグラスをキッチンに片づけに行く。

「あの、桐生」

もしやまた彼は書斎にこもる気か、と焦ったせいもある。何か話しかけなければ、という思いが僕に、一人頭の中で組み立てていた週末の予定を口にさせた。

「この土日、実家に帰ろうと思うんだ」

「………………」

桐生の動きがぴた、と止まった次の瞬間、肩越しに彼が僕を振り返った。数秒の沈黙の後、桐生がまた、ふっと笑う。

「わかった」

その笑みにどこか納得したような色を見つけた僕は、またも焦りを感じ、前を向いた彼の背に続けて声をかけた。

「だからその、よかったら桐生、僕の両親に会ってくれないか?」

「なに?」

途端に桐生がらしくなく大声を上げ、僕を振り返った。唖然としている彼の表情もまた珍しい、と思わずまじまじとその顔を見てしまっていた僕は、自分の発言があまりに意味深だったことに遅まきながら気づいた。

「あ……」

両親に会ってほしいって、まるで結婚を前提にした恋人同士の会話と一緒だと気づいた僕の頬に、かあっと血が上っていく。

「……びっくりした」

桐生にぼそりとそう呟かれ、ますます頭に血が上った僕は慌てて、

「ち、違うんだ」

と言い訳を始めた。

「そんな、結婚とか、そういうことでもないし、カミングアウトに付き合ってくれって意味でもないんだ。ただ、両親を紹介したいと思っただけで……っ」

「なんだ、プロポーズしてくれたんじゃないのか」

僕があわあわしている間に、桐生は衝撃？　から立ち直ったようで、にやにや笑いながら僕をからかってきた。

「ぷ、プロポーズ？」

からかわれたとわかっているのに、それでも言われた内容につい、素っ頓狂な声を上げてしまった僕を見て、また桐生が笑う。

「冗談だ。確か実家は鎌倉の近くだったな。送ってやるよ」

「あ、ありがとう」

未だに動揺していたために、礼を言うのがやっとだった。その間に桐生は手早くおつまみの皿まで流しに運ぶと、

「それじゃ、おやすみ」

と笑顔を残し、書斎へと向かっていった。

「あ…………」

それでようやく我に返ったのだが、時既に遅し。桐生はドアの向こうに消えていた。

「…………」

やることが——仕事があるのは、嘘じゃないだろう。だが、もしも今やらねばならないようなことなら、僕とワインを飲む前にやっていたんじゃないか、という考えに至ったとき、僕の口からは溜め息が漏れていた。

今夜も多分、桐生は僕に触れないだろう。おそらく彼は僕の『答え』を聞くまでは、僕を抱くことはないんじゃないか、と思えてきた。

その理由はなんだろう、と考える。セックスが僕の判断を狂わせるのではないかと案じてくれているのかもしれない、とか、早く答えを聞かせてほしいという彼なりのデモンストレーションだろうかとか、いろいろと『理由』は思い浮かびはしたが、どれが正解かは桐生に聞かない限りわからない、と、僕は早々に思考を打ち切り、一人寝室へと向かった。

風呂に入ってから寝よう、と決めていたはずなのに、広いベッドを目の前にすると、どさりとついその上にダイブしてしまった。マットレスに身体が沈み込む、心地よい感触に目を閉じる。

自分で認識している以上に酔っているのかもしれないな、と思いながら寝返りを打った僕の目に、天井の明かりが飛び込んできた。

眩《まぶ》しい、と両手で目を押さえた僕の脳裏に、煌々と明かりの灯る下、見事な裸体を晒《さら》していた桐生の姿が蘇る。

「……桐生……」

ぽつり、と口から彼の名が漏れた、その声が広々とした寝室に響く。

もしも名古屋に行けば、僕はこうして毎夜、一人で眠りにつくことになるのだろう。愛《いと》しさが募り名を呼んでも、桐生は遠く離れた東京にいて、彼の幻を思い浮かべるしかない。

その寂しさに、果たして僕は耐えることができるのだろうか。今でこそ、ほんの数メートルしか離れていない場所にいるのに、彼の姿が目の前にないだけでこうも寂しい思いを抱いているのに——。

はあ、とまた僕の口から、大きな溜め息が漏れる。桐生の腕が欲しかった。彼の温もりが、力強い突き上げがほしい、と手を伸ばしても、空を切るだけという空しさに、また溜め息を漏らし、ごろりと寝返りを打つ。

「……桐生……」

今度、僕の声は頬を押し当てた枕の中へと吸い込まれていった。もしや桐生は一人寝の寂しさに慣れさせようとしているのかもしれない。そんな馬鹿げたことを考えながら僕は、早くバスルームに向かえばいいものを、そのまま暫くの間、煌々と明かりのついた寝室で一人、ごろごろと寝返りを打ち続けた。

結局桐生は、その夜、午前三時頃にベッドに入ってきたが、やはり僕を抱くことはしなかった。

翌日は九時過ぎに起きだし、桐生が作ってくれたブランチを食べたあと、僕らはマンションを出て僕の実家へと向かうことになった。

一人で大丈夫、と言ったが、桐生は「俺が運転したいんだ」と言い、ほぼ強引に車を出した。

土曜日の今日、道路は少し渋滞していたが、それでも昼過ぎには僕の実家に到着することができた。

「寄っていかないか?」

ずっと運転しどおしで疲れただろう、と言うと、桐生は「全然」と笑って首を横に振ってみせた。

「それなら、ファミレスに入ろうか?」

多分桐生は、僕の家族に会いたくないのだろう。そう察してファミレスに誘うと、桐生は「大丈夫だ」と苦笑した。

「でも……」

「いいから」

俺のことは気にせず降りろ、と桐生がドアロックを解除する。

「……うん……」

　このまま車を降りることに僕は酷く躊躇いを感じていた。何かを失ってしまうのではないか、という危機感が不意に胸の中で芽生えたからだ。

　なんの根拠もない危機感だった。おおかた単なる思い込みだろう。それがわかっているのに、それでも尚、躊躇いを覚え俯《うつむ》いた僕は、不意に頬に繊細な指先を感じ、はっとしてその指の持ち主を——桐生を見やった。

「そんな顔するな。俺だってお前を親に紹介したいと思っているし、お前のご両親にも挨拶を、とも考えている。ただ、今はその時期じゃない、それだけだ」

「桐生……」

　今、桐生は彼らしくなく、酷く照れた顔をしていた。そんな彼の顔を見られたことが、そして互いの両親に紹介し合う日を桐生も考えてくれていたことが嬉しくもあり、僕の胸に熱いものが込み上げてくる。

「ほら、降りろよ」

　桐生は相当照れているらしく、乱暴にそう言うと運転席から身を乗り出し、助手席のドアを開いた。

「うん」

　僕もなんだか照れてしまって、何も言うことができず、言われるがままに車を降りようとしたのだが、そのとき不意に腕を摑まれ、はっとして桐生を振り返った。

「ん……」

次の瞬間落ちてきた彼の唇に唇を塞がれる。掠めるようなキスは一瞬で終わったが、それは多分ここが僕の実家の前だからだろう。

「それじゃ、また明日」

桐生がにっと笑い、僕の頰を軽く叩く。

「送ってくれてありがとう」

先ほど抱いていた理由のない不安がすっかり霧散していた僕も、桐生に微笑み返すと、送ってもらった礼を言い車を降りた。

桐生の車が見えなくなるまで見送ったあと、僕は数ヶ月ぶりに実家の門を潜った。

「帰ってくるなら来るって、連絡入れなさいよ」

母も父も在宅していたが、浩二だけは友達と昨日から旅行に行ったそうで、明日の夜帰宅するらしかった。

文句を言いながらも母は僕のために麦茶を出してくれたり、夕食には何が食べたいかとあれこれ尋ねてくれた。

父もまた「久しぶりだな」と、それまで自室で観ていた趣味の囲碁番組を中断し、リビングへと来てくれた。

「実は……」

そんな二人に僕は、今度転勤になる、という話を切り出した。

「転勤ってどこ？　海外？」

予想通りの問いをしてきた母に「違う、名古屋」と答える。と、母のリアクションは僕の予想と違っていた。

「あら、国内なの。よかったわ」

「え？」

てっきり、がっかりされるかと思っていたのに、と意外に思い問い返すと、

「だって危険な国に行かされることもあるんでしょう？　国内なら安心だし、名古屋なら近くてよかったわ」

母は、まさに親、というコメントを述べ、なるほど、と僕を頷かせた。

「自動車で名古屋なら、いいんじゃないか？　名古屋はそういや、まだ行ったことがなかったな」

転勤慣れしている父もまた、ごくごくナチュラルに僕の異動を受け止めてくれたのが、僕にとっては有り難かった。両親にまで、左遷で可哀想、的な気を遣われるのはちょっと厳しいな、と思っていたからだ。

「名古屋ではやっぱり寮に入るの？」

「さあ、どうだろう。まだ内示の段階なので、詳しいことはなんとも……」

「内示？　いつ発令なんだ？」

「来月」

母に、父に、あれこれと質問され、それに答えるうちに、二人の質問は異動のことから僕の現状のことへと移っていった。

「めっきり帰ってこなくなったけど、最近どうしてるの？」

「ごめん、仕事が忙しくて……」

「え？　土日も会社に行ってるの？」

「うん、まあ……」

「そんなに忙しいの？」

実際は三六協定の関係で土日出勤はしていないが、それが一番、実家に戻らない理由としては適しているだろうと思い答えると、すかさず横から父がフォローを入れてくれた。

「接待ゴルフとかもあるんだろう。遊びにも行くだろうしな」

「……まあね」

「転勤したらますますここへは足が遠のくわねえ」

寂しそうな母を前に、僕の胸が微かに痛む。成人した息子とはいえ、やはり子供のことは心配なのだろう。誕生日に電話くらいはするが、母の日も父の日も、何年もすっ飛ばしてしまっている。

親孝行らしいことは何もしていない上にそれじゃあ、あまりにも両親が不憫《ふびん》だ。せめて月に一回くらいは電話を入れるようにしようか、と反省した僕は、

「ごめん」

と母に、そして父に頭を下げた。

「母さんの愚痴《ぐち》をまともに受け取ることはない」

またも父がフォローを入れ、せっかく僕が帰ってきたのだから、夕食はどこかに食べに行こうか、と話題を転じてくれた。

「あら、そう？　せっかくだから久々に腕を振るおうと思っていたけど」

母はそう言いながらも、家族揃っての外食に――浩二はいなかったが――うきうきとし始め、僕を内心ほっとさせた。

夕食までの間、僕は、母がそのままにしておいてくれていた自室で学生時代のアルバムや、書棚の本を読んで過ごした。

名古屋に本当に行くとなると、ここに置かせてもらっている冬服も少し持っていくことになるのかな、と簞笥《たんす》をチェックしながら、自分の行動はもう、名古屋に行くことに照準を合わせているな、と改めて自覚する。

これでもし僕が今の会社を辞め、桐生の社に転職すると言ったら、両親はさぞ驚くことだ

ろう。

どちらを選ぶか、まだ決断はついていないといいながらも、自分の言動を顧みると八割がた名古屋に行くことに決めていると思わざるを得ない、と溜め息をつき、洋服箪笥の扉を閉めた僕の頭に桐生の顔が浮かんだ。

少し照れた表情をしていた彼――あの顔も、名古屋に行くとなると、そうそう見られなくなるのだ。

まあ、普段からあんな彼の表情は滅多に見ることはできないのだが、それでも常に手の届く距離にいるといないとでは、感じる寂しさには雲泥の差があるだろう。

『名古屋なら近くてよかったわ』

母を安堵《あんど》させた赴任地ではあるが、それでも新幹線で一時間半はかかる。その距離を果たして僕は耐えられるのだろうか。

遠距離恋愛の経験は皆無であるので、その辛さを考えたことは今までなかった。かなりの確率で破局を迎えるというその『遠距離恋愛』がまさに自分の上に降りかかってこようとは想像すらしたことがない。

両親に――そして会社の人たちに呆れられ、軽蔑されてもやはり、退職し、桐生のもとに残るべきだろうか。

愚図愚図といつまでも決断を下すことのできない自分を情けなく思いながらも、どうしても二者択一ができずにいる。

早くこちら、と決めるべきだと自分を叱咤《しった》する僕の頭の中ではそのとき桐生の幻の笑顔が——滅多に見ることができないだけに、酷く愛しく感じる照れた笑みが浮かんでいた。

5

久々に過ごす実家での時間はあっという間に過ぎ、昼食後に家を出ようとしていたところ、僕の携帯に弟の浩二から電話が入った。

『なんで？　帰るんなら一声かけてくれてもいいじゃない！』

どうやら浩二は母から僕が帰っているとメールで連絡をもらったようだった。知らないうちに母も父も携帯電話を持ち、特に母は浩二とはよくメールのやりとりをしているらしい。

「ごめん、急に決めたから……」

『ともかく、待ってて。俺、送っていくから』

僕の言い訳を聞こうともせず浩二は、

『二時間で帰るから』

と言い、返事も待たずに電話を切ってしまった。

二時間と言っていたが、浩二が家に戻ってきたのは一時間半後だった。

「まったく、薄情すぎるよ」

僕の顔を見た途端に文句を言いはしたが、車で家まで送ってやる、と母が用意した麦茶を一気飲みしたあと、再び車に戻ろうとする。

「別にいいよ。電車で帰るし」

「せっかく帰ってきたんだから、乗っていけよ」

押しつけがましい、なんて言うとキレるだろうから言わなかったが、浩二は僕を強引に助手席に乗せると、

「ちょっと休んでいけばいいのに」

という母親の言葉を無視し、車を出した。

「なんで急に帰ってきたんだよ」

運転しながら浩二が助手席の僕をちらと見て、問いかけてくる。

「ああ……」

母はどうやら、僕が帰ってきていることは伝えたらしいが、転勤の件はメールに書かなかったようだ。

きっと驚くだろうな、と思いつつ僕は、車が信号待ちで停まったのを見計らい、

「実は」

と彼に打ち明けた。

「転勤の内示が出たんだ」

「ええ!?」

予想どおり――いや、予想以上に浩二は驚き、顔が完全に僕のほうへと向いた。

「おい、前」

運転中なんだから、と、そろそろ信号が変わる気配のある路上を目で示す。が、浩二は僕から視線を外すことなく、身を乗り出し――っていってもシートベルトをしていたので限界はあったが――僕に問いかけてきた。

「転勤ってどこ？　海外？」

「いや、名古屋だけど」

「なんだ、国内か」

よかった、となぜだか安堵の息を吐いた浩二はようやく前を向き、ちょうど信号が青になったのでアクセルを踏んで車を発進させた。

「てっきり海外かと思った。アフリカとか言われたらどうしようかと思ったよ」

「国内だよ。社内では左遷っぽく見られてる」

僻《ひが》みっぽいかな、と思いつつ続けると、浩二は、

「自動車部で名古屋なら、左遷はないんじゃないの？」

と、父とまるで同じことを言い、僕を慰めてくれた。

「だといいけど」

「てかさ、それ、桐生さんにもう言った？」

思いやりに感謝しつつ相槌を打った僕に、今度浩二は思いもよらない問いかけをしてきた。

「え？」

「……まあ、言ってるよな」

突然でてきた桐生の名に動揺していた僕の返事を待たず、浩二が問いを重ねてくる。

「で、なんだって？」

「なにって……別に……」

「別にってことはないだろ？」

言葉を濁した僕に、遠慮なく浩二は突っ込む。同時に彼の運転は乱暴になったかと思うと、次の交差点で右折したものだから――東京方面へはそのまま真っ直ぐだったのだ――僕は驚いて、

「おい？」

と彼の顔を覗き込んだ。

「ちょっと寄り道して行こうよ」

「寄り道ってどこに？」

夕方になると道は混《こ》む。旅行で疲れている浩二のことを思いやる気持ちもあったが、早く桐生のもとに帰りたいという思いもあり、つい非難めいた声を上げると、

「たまには付き合ってくれてもいいじゃない」

と浩二は拗ね始めてしまった。

「だって疲れてるんだろう？」

「疲れてない。若いから」

フォローしようとしたが、ぴしゃりと跳ね返されてしまい、あとの言葉が出てこない。これはもう、浩二の我が儘に付き合うしかないか、と早々に僕は諦め助手席で溜め息をついた。

浩二がしたかった『寄り道』はなんと――海、だった。ウチから結構海は近い。まだ海水浴もできない季節のため、浜にはサーファーがぽつぽついるくらいだったその海に、一体何をしにきたのか、と僕は、車を降り、砂浜に向かおうとする浩二のあとを追いながら、一人首を傾げていた。

「手、繋ぐ？」

砂に足をとられ、なかなか追いつけずにいた僕を振り返り、浩二が笑いかけてくる。

「恋人同士でもあるまいし」

兄弟で手を繋ぐなんて、子供の頃ならともかく今はビジュアル的にも気持ちが悪いだろう、と答えると、

「桐生さんとは繋ぐんだ？」

という揶揄《やゆ》が返ってきた。

「繋がないよ」

実は繋ぐこともあるが、それを浩二に教えてやる義理はない。それに『繋いでる』なんて言おうものなら何を言われるかわからないと、僕は嘘をついたが、その嘘はすぐ見破られてしまった。

「またまた」

浩二が笑って戻ってきたかと思うと、強引に僕の手を引き歩き始めた。

「離せよ。歩けるって」

「全然歩けてないし」

振り解こうとしても浩二の手が緩む気配はない。

もしや彼は僕の転勤を知り、寂しがっているのかも、と気づいてしまったあとには、無理に振り解くのも可哀想に思え、仕方なく僕は彼に手を取られたまま、足下に波が寄せてくるくらいのところまで足を進めていった。

「……で？」

目的地は波が寄せてくるその場所だったようで、浩二は僕の腕を離し、そう問いかけてきた。

「『で』？」

何を問いたいのかわからず逆に問い返すと、浩二は海のほうを眺め、ぶっきらぼうな口調で彼の問いたかった言葉を口にした。

「で、桐生さんは、兄貴の転勤について、どうコメントしたの？」

「……ああ……」

なぜ、浩二がそれを気にするのかわからない。が、いくら血の繋がった兄弟とはいえ、桐生との間のあれこれを彼に明かすつもりのなかった僕は、今回も適当に誤魔化そうとした――はずなのだが、気づいたときにはあまりにも正直に打ち明けてしまっていた。

「……桐生の下で働かないかと誘われた……」

なぜ、浩二にそんなことを打ち明けてしまったのか、そのときの心理は自分でもよくわからない。

多分、決めかねていたからだとは思うが、それでもこうも年の離れた弟に頼るなど、我ながら情けないとしかいいようがないな、と瞬時にして気づいた僕は慌てて、

「今のは忘れてくれ」

と浩二に言ったが、すでに手遅れだった。

「なにそれ。桐生さん、兄貴をヘッドハンティングしたの？」

忘れるどころかますます浩二は食いついてきてしまい、次々僕に問いかけてくる。

「勿論オッケーしたんだよね？　兄貴、今の会社辞めて外資系に勤めるの？　親父やお袋はなんて言ってた？」

「いや、まだ桐生には返事、してないんだ。だから勿論、親父たちにも話してない」

色々と先走る浩二を落ち着かせようと僕は、明かすつもりなどまったくなかったことを口にしたのだが、僕の答えを聞き浩二は落ち着くどころか、更に興奮し始めてしまった。

「ちょっと待ってよ。兄貴、桐生さんに返事してないの？　なんで？」

信じられない、と言わんばかりに僕の両肩を摑み、揺さぶってくる彼に僕は、

「社会人は色々あるんだよ」

と答えることで、この話題を打ち切ろうとした。

「色々って何？」

だが浩二は、話を止めるどころかますます勢いづき、痛いほどの力で僕の肩を摑んだかと思うと身体を揺さぶってくる。

「何があるから、桐生さんの誘いに乗らないっていうの？」

「だから、会社へのしがらみとか……」

学生の浩二に言ってもわかるまい、と思いながらも答えると、やはり理解できなかったようで彼は、

「しがらみって何？」

と問い返してきた。

「転勤が嫌で会社を辞めるサラリーマンなんていないんだよ」

「なにそれ。人がやらないからやれないっていうこと？」

「そうじゃなくて、たとえば僕が転勤を断れば、他の誰かが行かされることになるだろ？　そういうこともあってだな」

社会人じゃない浩二に、会社はこういうもの、というのを教えるのは困難だ。そう思っていた僕だが、浩二が、

「ばっかみたい」

と一蹴《いっしゅう》したのには思わず反発してしまった。

「馬鹿じゃない。それが会社ってもので……」

「会社はどうでもよくってさ、要は兄貴、枠からはみ出るのが嫌だっていうだけなんじゃないの？」

だが浩二にズバリと切り込まれたその言葉を前に、僕は反論のしようがなくなってしまった。

「それは……」

確かに、僕の躊躇《ちゅうちょ》の要因は浩二の言うところにある。それだけに言葉を失った僕の退路を彼は次々と塞いでいった。

「転勤が嫌で会社を辞めると思われるのが嫌っていうのは、会社の人たちにそういう目で見られるのが耐えられないってことだよね。でもそれって単なる見栄じゃないの？　別に会社辞める理由なんて、それぞれにあっていいと俺は思うけど」

「…………」

一つの反論もしようがない意見に、何も言えなくなった。浩二は容赦なくそんな僕に、彼の思いをぶつけてくる。

「そんな理由で会社を辞めたくないっていうのは、兄貴の見栄なんじゃないの？　そんな見栄張って、大事なもの失っちゃったらどうするんだよ」

「……大事なもの……」

浩二が言いたいことは勿論よくわかっていた。見栄、という言葉には反発を覚えるが、それは多分彼が痛いところを突いてきた、その証《あかし》なのだと思う。

確かに僕の躊躇いの理由は、浩二言うところの『見栄』によるものが大きかった。会社の人にどう思われるか、とか、社会人としてはそれはマズいんじゃあ、とか、体面ばかり考えていたというのは否めない。

だがそれを振り切ることができるか、と言われると、それもまたできない、というのが偽らざる胸の内だった。

「見栄張ってないで、自分に素直になるべきだと、俺は思うけどね」

波の音に被《かぶ》せ、浩二のどこか不機嫌な声が僕の耳に響く。

「…………そうだな……」

ざばん、とすぐ足下まで打ち寄せる波を避け後ずさった僕の目に、陽光にきらめく波頭が映った。

今日は天気がいいので、海も綺麗な青色をしている。その海を眺める僕の脳裏に、かつて桐生と訪れたタヒチの海が浮かんだ。

二人して浜辺に佇み、また来ようと誓ったあの日——あの日にはまさか、彼と離れ離れになるなど、想像すらしていなかった、と思わず溜め息が僕の口から漏れる。

「そろそろ行く？」

浩二の声に我に返り彼を振り向くと、彼は少し眩しそうな顔で僕を見ていた。

「道、混むだろうし」

目が合った途端、ふいと顔を背けた彼が、先に立って歩き始める。

「そうだな」

僕も彼のあとを追い、相変わらず砂に足をとられながら車へと戻った。

それからの浩二はなぜか、殆ど僕と口を利かなかった。何か気に障《さわ》ったのかと思うほどに不機嫌そうだったので、

「どうした？」

と問いかけてみたのだが、返ってきた答えは、

「別に」

の一言のみだった。

心配していた渋滞もそうなく、五時前には築地のマンションへと到着した。

「寄っていけよ」

桐生が在宅している可能性は高かったので、マズいかなとも思ったのだが、ずっと休憩なしで運転してきた彼をそのまま帰すほうがマズいと、僕は浩二を部屋に誘った。

だが浩二は、「道、混むから」と僕の誘いを断り、車を出そうとした。

「ちょっと待てよ。少し休んだほうがいい」

慌てて運転席に駆け寄り、開いていた窓から中に声をかけると、浩二は、

「大丈夫だって」

と笑ったあと、じっと僕の目を見つめてきた。

「なに？」

言いたいことがあるのかなと僕も彼の目を見返す。そのまま無言で見つめ合うこと五秒、口を開こうとしない浩二に焦《じ》れ、先に僕が口を開いた。

「なんだ？」

「……別にどうでもいいんだけどさ」

と、浩二はふいと僕から目を逸《そ》らせたかと思うと、なぜか不機嫌そうな口調でぼそりとそう呟き、エンジンをかけた。

「なに？」

「結論でたら、一応俺にも知らせて」

それだけ言うと浩二は「それじゃね」と軽く右手を挙げ、車を発進させた。

「おい、浩二！」

本当に大丈夫なのか、と車を見送っていると、浩二は軽くクラクションを鳴らして去っていった。今まで来るなと言っても図々しく部屋に上がり込んできたというのに、今日に限ってどういうことか、と首を傾げながらも僕はマンションのエントランスを潜りエレベーターホールへと向かった。

エレベーターを降り、部屋に到着する。鍵を開け中に入ったとき、どうやら桐生は在宅しているようだとわかった。

「ただいま」

それで声をかけたのだが、果たして「おかえり」という桐生の声がリビングから響いてきた。テレビでも観ていたのかな、と思いつつ僕はリビングへと向かい、ちょうどテレビを消したところだった桐生の座るソファへと歩み寄った。

「ただいま」

「早かったな」

椅子から立ち上がり、桐生が僕を抱き締める。

「渋滞しそうだったから」

答えながら上を向いたのは、桐生が落としてきてくれるであろう唇を受け止めるためだった。が、いつものように桐生は僕にキスすることなく、僕の髪に顔を埋めると一言、

「海の匂いがする」

そう言い、じっと顔を見下ろしてきた。

「帰りに寄ったからかな。寄らされた、というか……」

「誰と？」

靴は砂だらけだったけれど、身体にも潮の匂いが染みついていたとは驚きだった。ほんの少しの間いただけなのに、と自分の身体の匂いを嗅《か》ごうとした僕の耳に、桐生の無機質な声が刺さる。

「浩二。ここまで送ってくれたんだ」

「へえ」

と、桐生はここで少し驚いたように目を見開いた。

「なに？」

「いや、珍しいと思ってな。いつも図々しく上がり込んでくるじゃないか」

「うん、僕もそう思った」

桐生も同じ認識だったか、と頷いた僕に、桐生が笑いながら言葉を続ける。

「家まで送ってきたんだから、メシを食わせろ、くらいのことは言ってくるのに、今日に限

って一体何を遠慮したんだか」

「……あ……」

今日に限って、という言葉を聞いた瞬間僕は、浩二の『遠慮』の理由に気づいた。

「どうした？」

急に声を上げた僕を訝り、桐生が顔を覗き込んでくる。

「……多分、気を利かせてくれたんだと思う」

「気を利かせる？　あいつが？」

桐生が素で驚くのも無理のない話で、桐生の前での浩二の態度には常に遠慮の欠片もなかった。

「うん」

そんな浩二が今日、ここに寄らずに帰ったのは多分、僕と桐生に会話の機会を持たせようとしてくれたからじゃないか。そう僕は気づいたのだった。

会話の内容は勿論、僕の転勤についてだ。僕が気持ちを決めかねているのを、話をしている最中浩二は察し、それで、二人でゆっくり話し合え、と気を利かせてくれたんじゃないかと思うのだ。

果たしてそれが正解かどうかは本人に聞いてみなければわからないが、たとえそうじゃなくても僕は、桐生と話をしたいと思っていた。

「あいつがねえ……」

なのでそう、苦笑しつつも、今度こそ唇を落としてきた桐生に唇を塞がれる前に、

「あの、桐生?」

と声をかけた。

「なんだ?」

わずか数センチのところで止まった彼の唇が、そう動く。顔が近すぎて焦点が合わない、と僕は彼の胸に手をつき一歩離れると、小首を傾げるようにして僕を見下ろしてきた彼に、胸の中で渦巻く思いを、なんとか理路整然となるよう心がけつつ告げていった。

「桐生の会社に来ないかと誘ってくれたことに、まだ返事をしてなくてごめん。正直言って、まだ決められないんだ。今の会社を辞める決心もつかないし、かといってこのまま桐生と離れ離れになることに自分が耐えられるかも自信がない……本当に優柔不断だとは自分でも思うんだけど……」

「いきなりどうした? 俺は待つって言っただろう?」

自分でも収集のつかなくなった言葉を止めてくれたのは桐生だった。再び僕の背を抱き寄せ、じっと目を覗き込んでくる彼の眼差しはどこまでも優しく、僕を責めている様子は微塵《みじん》もない。

「答えを急《せ》かした覚えはないが」

「ごめん、別に急かされたと思ったわけじゃなく、ただ、迷い過ぎかと思ってしまって……」

僕の答えを聞くうちに、桐生の端整な眉《まゆ》が顰《ひそ》められる。

「弟に何か言われたか？」

「そういうわけでもないんだけど……」

実際『何か』は言われたが、だからこうして話をしようと思ったわけじゃない。が、桐生はどうも浩二に原因があると思い込んでしまったようだ。

「何を言われたんだ？」

問い詰めてくる彼に、隠しておく内容でもなかったので僕は、浩二に言われた言葉をほぼそのまま告げた。

「僕が会社を辞められないというのは、見栄じゃないかと言われた。転勤が原因で会社を辞めると皆に思われるのが恥ずかしいだけだろうって……。そんなつまらない見栄を張ることで、大事なものをなくしてしまってもいいのか、と……」

「何が見栄だ。社会に出たこともないガキが偉そうに」

桐生がさも馬鹿にしたようにそう言い捨てる。この場に浩二がいたらまた喧嘩になっていただろうな、と思いながらも僕は、

「でも、当たってるとは思ったよ」

浩二を擁護するつもりはないが、本当にそう思ったのだ、と頷いてみせた。

「……で？」

黙り込んだ僕に桐生が、微笑みこう問いかけてくる。

「答えはまだ出ないんだろう？」

「……うん。だから……」

答えが出ないからこそ、今、桐生と話し合いたいのだ、と僕は続けようとしたが、それを桐生の淡々とした声が遮った。

「お前が決めることだ。ゆっくり考えるといい」

「え……」

突き放された気がして思わず声を漏らした僕の肩に、桐生の手が乗せられる。

「……そんな、捨てられた子犬のような目で見るなよ」

からかっている口調ではあったが、彼の目はあまりに優しく僕を見下ろしていた。

「桐生……」

突き放したわけじゃない——彼の瞳がそう物語ってはいたが、それでも僕は不安で彼の胸に縋り付く。桐生はそんな僕の背を抱き締めてくれながら、耳元《じ》に囁きかけてきた。

「俺だってお前をかき口説《くど》きたい気持ちは勿論ある。だが無理強いはすまいと決めたんだ。自分で決断したことじゃなければ、人は大抵後悔するからな。俺はお前に後悔などさせたくない」

「……桐生……」

いつしか桐生の口調は酷く熱いものになっていた。それに僕が気づいたのと本人が気づいたのはほぼ同時だったようで、くす、と彼の笑い声が耳元に響いた、その次の瞬間、彼は僕の背から腕を解き、少し身体を離して再び顔を見下ろしてきた。

「無理強いはしない。お前が自分で決めるといい。どんな結論を出そうとも俺がお前を想う気持ちには変わりはない」

そう言い、目を細めて微笑んだ彼の顔は、本当に優しげだった。そんな優しい笑顔を前に僕の胸には堪らない気持ちが込み上げてきて、彼の胸に飛び込みシャツの背をぎゅっと握り締める。

「どうした」

涙を堪えることができず、嗚咽《おえつ》の声を漏らしたからだろう、桐生が驚いたような声を出し、顔を見るために僕の肩を摑んで身体を離させようとした。泣き顔を見られるのは恥ずかしいと僕はますます強い力でしがみつき、涙に濡れる頰を彼のシャツに押し当てた。

「どうした?」

桐生が優しく僕の背を抱き締め返してくれながら、そう囁きかけてくる。

「……抱いてほしい……」

ぽろり、と唇から本音が漏れた。

「…………」

僕を抱き締める桐生の手が、ぴく、と微かに動いたのは、まだ明るいうちから僕が大胆なことを言い出したことに驚いたからじゃないかと思う。

いつもの彼なら、揶揄する言葉の一つや二つ、囁いてきたに違いない。だが今日の彼は何も言わず、その場で僕を抱き上げてくれた。

「……っ」

やはり泣き顔を見られるのは恥ずかしい、と桐生にしがみつき、彼の肩に顔を埋める。またも耳元で、くす、と笑う声がしたが、桐生は何も言わず僕を抱いたまま寝室へと向かってくれた。

「……あっ……」

遮光のカーテンの隙間《すきま》から陽《ひ》の光が微かに差し込む寝室は薄暗かったが、すぐに目が慣れた。

桐生は僕をベッドに下ろすと、着ていた服を剥ぎ取り始める。が、僕が自分でも脱ぎ出すと、わかった、というように微笑み、自身の脱衣を始めた。

あっという間に二人して全裸になったあと、再び覆い被さってきた桐生の逞しい背を抱き締める。

「ん……っ……」

痛いほどに舌を絡めてくる、貪るようなくちづけが僕の胸に宿る堪らない気持ちをますます増幅させていく。

桐生が僕を求めてくれる、その気持ちをしっかりと体感したかった僕の心を見抜いているかのような激しいキスだった。キスだけじゃなく、桐生の手は僕の胸を弄《まさぐ》り、早くも勃ち上がった乳首をきゅっと抓り上げ、僕の欲情をも煽り立てていった。

「あっ……」

合わせた唇の間から、堪えきれない声が漏れる。僕の雄は既に熱と硬さを孕んでいたが、腹に押し当てられる桐生の雄も同じ状態だった。

自然と手が彼の雄に伸び、既に硬度を保っているそれを両手で包む。竿を扱くと桐生は唇を合わせたまま少し目を見開いてみせたあとに、わかった、というように頷いた。

「欲しいのか？」

微かに唇を離し、囁いてきた彼の声音はぞくりとするほどセクシーで、かあっと身体が火照《ほて》ってくるのがわかる。

「うん」

こくり、と首を縦に振ってしまったあと、恥じらいがなさすぎたかと反省したが、最早欲情を抑えることは困難だった。

「わかった」

桐生がくすりと笑い、僕の両脚を抱え上げる。指で解してくれようとするのを、そのままで大丈夫、と仕草で示すと、桐生は少し驚いたように目を見開き、

「本当に？」

と確認を取ってきた。

付き合い始めの頃は、こうではなかった——不意に僕の頭に、その考えが浮かぶ。

はじめは強姦だった。その後も『プレイ』のような行為ばかりで、桐生とのセックスには愛情の欠片も感じられなかったというのに、気持ちがしっかりと通じ合ってからは、常に桐生は僕の身体を労《いたわ》り、快楽へと誘《いざな》ってくれようとする。

桐生のほうでは、乱暴に僕を抱きながらも最初から愛しいという気持ちを抱いていた、とあとから教えてくれたが、あれで、と思わず呆れてしまった。

だが最近の彼の言葉にも、そして行為にも、これでもかというほどその思いがこもっているように感じる。そのことが泣けるほどに嬉しい、と思いつつ頷いた僕の目にはまた、涙が込み上げてきてしまっていた。

「何を泣く？」

桐生の問いかけに、僕は、なんでもない、と首を横に振り、早く欲しい、と両脚を彼の背に回してぐっと己のほうへと引き寄せた。

愛されている実感が嬉しい、なんてこと、口にできるはずもなかった。僕も同じくらい、いや、それ以上に愛しているんだ、という言葉も照れくさくて言える気がしない。

だから僕も行為で——彼を欲しているという仕草で、思いを伝えようとしたのだが、桐生は正しく僕の思いを理解してくれたようだった。

微笑みながら頷くと、背に腕を回して僕の両脚を改めて抱え上げ、露わにした後孔に雄を捻《ね》じ込んでくる。

「ん……っ」

渇いた痛みに眉を顰めた僕を見下ろし、桐生はまた『大丈夫か』と問おうとしたように見えたので、大丈夫、と僕は何度も首を縦に振って行為の続行を促した。

桐生はまた、わかった、というように頷くと、ゆっくりと腰を進めてきた。亀頭が内壁を擦る、その摩擦熱が痛みから快感へと変じるのにそう時間はかからなかった。

「あぁ……」

ぴた、と二人の下肢が重なった、そのときにはもう、僕は苦痛を覚えていなかった。奥深いところに桐生を感じている、その充足感が吐息となって口から零《こぼ》れ出る。

「動くぞ」

桐生が声をかけてきたのに、うん、と頷き顔を見上げると、少し紅潮した彼の頬が、潤んだ瞳が目に飛び込んできた。

欲情を覚えている、そんな彼の表情に僕の欲望はますます煽られ、堪らない気持ちが込み上げてくる。

その気持ちは身体にしっかりと表れ、彼を中に収めたところの内壁が激しくひくつき、雄を締め上げた。

「……っ」

桐生がまた、少し驚いたように僕を見下ろす。その顔に羞恥が煽られ、僕は両手両脚で彼を抱き締めると、自ら腰を突き出し桐生の腰の律動を誘った。

今回もまた桐生は僕の心情を正しく理解してくれ、両脚を抱え直したかと思うと力強い突き上げを開始してくれた。

「あっ……あぁっ……あっ……あっ……ああっ……」

内臓がせり上がるほど奥深いところを勢いよく抉られ、一気に快楽の頂点へと導かれた僕の口からあられもない声が放たれる。

数日ぶりに肌を合わせた。ほんの二、三日だったというのに、これほどまでに自分が桐生に飢《かつ》えていたということを今この瞬間、僕は嫌というほど思い知らされていた。

「あぁっ……もっと……っ……もっと……っ……あーっ……」

あなたが欲しい、あなたを感じていたい——迸《ほとばし》る思いは欲望というよりもどちらかというと感情的なものだった。

桐生のすべてを僕の中に感じたい。僕への思いを行為という形として受け止めたい。そんな願望を口にしたいけれど上手《うま》く言葉にできないでいたのに、やはり桐生は正しく僕の思いを受け止め、これでもかというくらいに突き上げのピッチを上げ、僕を求めてくれた。

「もうっ……っ……あぁっ……もうっ……っ……」

喘《あえ》ぎすぎて息苦しくさえなっていた。全身が火傷《やけど》するほどに熱し、心臓が飛び出すほどに鼓動が速まっている。このまま、死んでしまうのではないかという快楽と苦しさの合間合間に、薄く開いた目の先、桐生が愛しげに僕を見下ろす笑顔がある。

なんて幸せなんだ、と遠のく意識の下、微笑んだところまでは記憶があった。

「アーッ」

桐生の手が僕の片脚を離し、二人の腹の間で爆発しそうになっていた雄を握り締め、一気に扱き上げる。

そのおかげで達したと同時に目の前が真っ白になり、快楽に次ぐ快楽に喘ぎ疲れた僕はそのまま意識を失っていった。

目覚めたときには、既に日はとっぷりと暮れていた。隣に寝ていた桐生の姿がないことに一抹《いちまつ》の寂しさを覚えつつも、僕は倦怠感の残る身体をのろのろと起こし、脱ぎ捨てたままになっていた服を身につけ、寝室を出た。

シャワーを浴びてからリビングへと向かうと、そこは無人だった。キッチンでミネラルウォーターのペットボトルをほぼ一気に飲み干したあと、僕は一人リビングのソファに座り、濡れた髪をタオルで拭いながらこれからのことを考え始めた。

会社を辞めて桐生の下で働くか。それとも辞めずに転勤を受け入れ、名古屋に行くか。自分で決めたことでなければ、きっと後悔するから——桐生の言葉を胸に僕は、随分と長いこと考え、結論を下した。

何度も何度も考え直し、後悔がないかと自身の胸に問いかける。

多分、後悔することになるんだろう。だが、僕が選ぶべきはこちらの道だ。そう気持ちを固めることができた僕は、それを真っ先に桐生に知らせようと彼の部屋のドアを叩いた。

「どうした？」

返事を待たずにドアを開けると、桐生はパソコンに向かっていた。相変わらず多忙なのだな、と思いながら僕は彼の部屋に入ると、背中で閉めたドアにもたれかかった。

「桐生、少しいいかな？」

「勿論」

桐生が立ち上がり、僕へと歩み寄ってくる。きっと僕の選択は彼をがっかりさせるだろう。そうは思ったが、僕が決めたのはこの道だ、ということを告げようと口を開いた。

「名古屋に行こうと思う」

「…………」

その瞬間——ほんの一瞬だけ、桐生の動きが止まった。が、すぐに彼は笑顔になると、一言、

「そうか」

と告げ、僕の背を抱き締めてきた。

「…………」

力強い彼の腕の感触に、気持ちが揺らぎそうになる。だが、そんな一時の感情に流されていては駄目だ、と自分を叱咤すると僕もまた桐生の背を抱き締め返しながら、自分の決意を彼に告げていった。

「桐生の下で働くことになれば、朝から晩まで一緒にいられる。でも、今の僕には、桐生の

役に立てるだけの能力がない」

「そんなことはない」

桐生が僕の言葉を遮る。世辞のつもりはないだろうが、僕の言う『役に立つ』は彼の片腕になること——滝来のように彼の仕事をサポートすることだった。

果たして自分にその能力があるかはわからない。が、共に仕事をするからには、庇護《ひご》のもとに置かれるのではなく右腕とも思われる頼もしい存在になりたい。

そのために自分が今、何をすべきかを僕は考えたのだった。

「英語は得意だし、ある程度のサポートはできるかもしれないけど、それじゃ自分が嫌なんだ。今回のことでよくわかった。僕は桐生に甘え過ぎていて、決断も桐生に託そうとしてしまった。そんなんじゃ桐生に相応しい人間とはいえない。自分の足で立ち、自分で自分の進むべき道を選択できる——それができて初めて、桐生に相応しい人間になれるんじゃないかと思うんだ」

「俺に相応しいなんて、俺はそれほどの男じゃないぜ？」

桐生が少し困った顔になり、そう僕を見下ろしてくる。それほどの男だよ、と思いながらも僕は、

「だから」

と、自分の決意したことをすべて彼に伝えようと言葉を続けた。

「今まで僕は流されるままに生きてきただけのような気がするんだ。一つとして達成できたことはないと……。海外駐在に憧れるという安直な理由で選んだ今の会社だけれど、その中でも僕は、何一つとして、これ、と形に残る仕事を成せてない。小さな成約を取ったくらいのことじゃない、これをなし得た、と自分で思えるような、そんな仕事ができて初めて、桐生に相応しい人間になれる――そう思うんだ」

「………」

桐生はもう、僕の話に口を挟んでこなかった。頭にあること、すべて話せと言うように、じっと僕を見下ろしている。

そんな彼の瞳は慈愛に溢れているように見え、なかなか上手く言葉にできないながらも僕は、名古屋へ行くことを決めたその思いをとつとつと告げていった。

「名古屋に行くよりも、ずっと東京に――桐生の傍にいたい、という思いは勿論ある。でも、ここで君の優しさに甘えてしまうと、僕はますます駄目な人間になっていく気がする。勿論、自分が桐生のような優秀な人間じゃないということはわかってるんだけど、優秀じゃないながらも、自分でこれ、と自信が持てるようになりたい。そのためにもう少し、今の会社で頑張ってみようと思うんだ」

「……そうか……」

決意を告げたことに対する桐生の言葉は、その一言だった。が、彼の笑顔を見れば僕の言いたいことを理解し、納得してくれたと思うことができた。

「……ごめん」

謝罪は、桐生の誘いに乗らなかった、そのことについてだったが、桐生は笑顔のまま、

「気にするな」

と首を横に振り、僕を抱き締める腕に力を込めた。

「八割方、諦めていたからな」

「え？」

苦笑するようにして告げられた言葉に驚き、彼を見上げる。まさか桐生は僕が名古屋行きを選択するとわかっていたと言うのか、という疑問を桐生はさも当たり前、というように笑い飛ばした。

「俺がどれだけ長いこと、お前を見てきたと思う？　安直な選択をするような男じゃないことは、最初からわかっていたさ」

「桐生……」

笑みだけでなく、言葉でも僕の選択を肯定してくれた彼の名を思わず呼ぶ。と、桐生はまた、苦笑、としかいいようのない笑みを浮かべ、僕と額を合わせてきた。

「それならなぜ社に誘った、とは言うなよ？　たった二割の確率しかなくともチャレンジする、それが俺だからな」

「……桐生……」

どちらを選んだとしても、お前を想う気持ちには変わりはない――彼に囁かれた言葉が僕の脳裏に蘇る。

欠点だらけの僕をまるごと受け止めてくれる、そんな深い愛情を持つ彼は本当に、僕なんかとは比べものにならないくらい、大きな男だ、と思うと同時に、そんな凄い人間に相応しい男に果たして自分がなれるのかと不安も覚えてしまう。

その不安を克服するには、やはり自分に自信を持つしかないのだ、と僕は桐生の背をしっかり抱き締め、彼の目をじっと見上げた。桐生もまたじっと僕を見下ろしてくる。

「……きっと君に相応しい男になってみせるから」

能力的にそうなれるかはわからない。だが、気持ちの上だけでも僕は、そうなりたい、否、なるのだ、と心を決めていた。

その決意を口にした僕に対する桐生のリアクションは――苦笑だった。

「だから、俺はそれほどのモンじゃないよ」

そう言いながらも桐生は僕の背をきつく抱き締め、唇を落としてくる。

「ん……」

間違いなくそれほどの男だ、という思いを込めて僕も彼の背をしっかりと抱き締め直し、しっとりと包み込むように僕の唇を塞いでくる桐生の甘美なキスに暫《しば》し酔った。

それからの二週間は瞬《またた》く間に過ぎていった。正式に発令が出たあとは取引先との送別会や、同期との送別会が続き、毎晩二時、三時が当たり前になる。僕の仕事はローテーションで名古屋から来る若手に引き継ぐと決まっていたため、発令日翌日からやってきた彼と共に客先を回り、それ以外は通常業務に勤《いそ》しんだ。

翌週、今度は僕が名古屋に向かい、一週間で引継ぎを終えることになっていた。今年入社六年目になる、三枝《さえぐさ》という彼は、二年目のときに名古屋転勤になったとのことで、東京本社復帰を物凄く喜ぶと同時に、僕に対しては酷く同情的だった。

「なんだか悪いですね」

年上なんだけど、小柄で童顔のせいか同い年か、下手《へた》したら年下に見えてしまう彼は、腰も低く、僕に対しても始終丁寧語《ていねいご》で接してきた。

「悪くなんてないですよ。ローテーションですから」

自分が東京に戻れる、その代わりに僕が名古屋に行かされる、という状況を彼は、自分が仕組んだことでもないのに酷く申し訳なく思っているようで、いくら僕がそう言ってもことあるごとに「悪い」という謝罪の言葉を繰り返した。

名古屋での仕事を聞くと、そう忙しくないとのことだった。

「ゴルフ場も近いし、オフは最高ですよ」

僕に気を遣ったのか三枝は名古屋の素晴らしさをあれこれと教えてくれるのだが、最後は決まって『悪い』になる。ということは、仕事的には『最高』ではないのかな、と案じずにはいられなかった。

発令後、人事から住居についての連絡がきた。若手が少ないため社員寮はないそうで、借り上げ社宅となるということだが、僕は自分で探すので、とそう人事に申し出た。というのも、僕の転勤に際し、桐生が唯一口出ししてきたのがこの『住居』についてだったのだ。

人事が指定してきた借り上げ社宅はマンションだったが、同じマンション内に名古屋支社の人間が何組もいるとのことだった。

それを桐生に話したところ、自分のツテで部屋を借りたい、と彼が申し出てきたのだ。

「なんで？」

「噂になりたくないだろう？」

自分が通いまくるから、と言われては、駄目だとは言えなくなった。僕が家賃を払うということを納得してもらい、その程度の部屋を探してもらっていたため、人事には断ったのだった。

部屋が見つかった、と言われたのは、そろそろ引っ越しの荷物をまとめなければならないという発令の一週間後だった。

「いってみるか」

その日が土曜日だったのと、翌週から名古屋での引継ぎが始まることもあり、僕は桐生に誘われるままのぞみに乗り、一路名古屋を目指した。

「一時間半か……すぐだな」

桐生の用意していたチケットはグリーン車だった。弊社では今は部長でもグリーンには乗れないというのに、と改めて外資系勤務の桐生の景気のよさに感心しつつも僕は、桐生がモバイルパソコンで作業をしているその横でやはりモバイルを操作し、引継書をまとめていた。

名古屋駅からタクシーに乗り込み、到着したのは東山動物園近くにある高層マンションだった。

「…………なにこれ……」

どう見ても億ション、という高層マンションを前に呆然《ぼうぜん》と佇んでいた僕の背を桐生は「行くぞ」と促し、エントランスを潜った。

オートロックを桐生はすでに手にしていた鍵をかざして開け、エレベーターホールへと向かっていく。

「き、桐生……」

築地のマンションと同様の、豪奢な内装に驚きながらも彼のあとを追い、エレベーターに乗り込むと、桐生は迷わず十八階のボタンを押した。

「……すごく、高そうに見えるんだけど……」

僕が払える家賃の上限は無理に無理して十五万。希望は十万以下と告げていた。だが、外装や内装を見るだにこのマンションはとてもそんな値段で借りられるとは思えない。

僕のその疑念は桐生が「ここだ」と一八〇五室を示し、鍵を開けて中へと入っていったときに確信となった。

「なにこれ……」

思わず素っ頓狂な声を上げてしまったのは、ドアを開いた途端、一面に開けた眺望が目に飛び込んできたためだった。

壁一面が窓、というのは、今住んでいるマンションと一緒で、高層階から緑が多い名古屋の景色がよく見える――が、広々としたリビングは二十畳近くありそうで、やはり家賃が十万以下とはとても思えなかった。

しかもこれから越してくるというのに、部屋の中には家具が備え付けられていた。リビングのソファは黒の革張りで、今の桐生の部屋と雰囲気が似ている。

家具ばかりか、リビングを突っ切ってキッチンに向かうと、冷蔵庫や備え付けのレンジ、それに食洗機までがあった。

「…………」

鍋や食器もそろっているらしいキッチンを見回し、最後に桐生を見る。

「寝室はこっちだ」

と、桐生は僕の視線の意味などわかっているだろうに、まるで気づかぬ振りをし、にっと笑うと、顎《あご》をしゃくって僕を『寝室』へと導いた。

「……うそ……」

リビングを出た右の扉が寝室だというのだが、ドアを開かれた途端、またも僕は驚きの声を上げてしまった。

広々とした部屋の真ん中にキングサイズのベッドが置かれている。この部屋も一面が窓で、外の景色がよく見えた。

「クローゼットは作り付けだ。あっちの壁のところがそうだ」

桐生が僕の背を促し、部屋の中央へと進む。近くで見てもこのベッドは、今、桐生の部屋にあるものと同じだ、と僕は改めて桐生を見上げた。

「……この家具、桐生が？」

「ああ。引っ越し祝いだ。もう一部屋は少々狭いがお前の書斎にした。机の高さはちょうどいいか、座ってみてくれ」

「ちょ、ちょっと待った！　まだ部屋があるのか？」

広々としたリビングダイニングと、この十畳はありそうな寝室だけでも驚きだというのに、もう一部屋あるとなると、このマンションは2ＬＤＫになる。

一体家賃はいくらになるんだ、と僕は慌てて桐生に縋り、まさか、と心に芽生えた疑念を問いつめた。

「僕が家賃を払うって言ったよね？　払えてせいぜい十五万だとも言ったはずだけど、一体この部屋の家賃はいくらなんだ？」

僕が案じていたのは、おそらく三十万を越えると思われる――三十万どころではないかもしれないが――部屋の家賃の差額を桐生が持つつもりなのではないかということだった。

それでは申し訳なさすぎる、と桐生を睨むようにして答えを待つ。

もしも彼が『十万』と告げたら、それは嘘だ、と言い、本当の値段を追求するつもりだった。果たして桐生は、

「八万」

と、嘘としか思えない金額を答えたが、僕が反論するより前に、

「ワケアリ物件だ」

と笑ってみせた。

「ワケアリ？」

どういうことだ、と眉を顰めた僕の背を抱き寄せ、桐生が額をあわせてくる。

「ああ。俺の親父《おやじ》が前に不動産業を営んでいたときの仲間――というか友人が名古屋で不動産屋をしていて、親父経由で彼を紹介してもらった。この部屋は彼が愛人を住まわせるつもりで家族に内緒でこっそり購入したんだが、その愛人とは別れてしまったそうだ。奥さんにバレたらしい」

「……へえ……」

ほかに相槌の打ちようがなく、頷いた僕の前で桐生は、にや、と笑い、話の続きをし始めた。

「このマンションの存在までバレちゃ大変だとずっと遊ばせていたんだそうだ。親父にはそれを打ち明けていて、遊ばせてるのなら低価格で貸してやれ、と頼んでくれたんだよ」

「低価格っていっても、八万は安すぎると思うんだけど……」

そういうわけか、と一応納得はしたものの、こんな凄い部屋に十万円以下で住むのは、なんだか申し訳なさすぎる、と言うと桐生は、

「別に気にすることはない」

と笑い、こつん、と僕の額に額をぶつけた。

「借り上げ社宅に入れれば、二万程度の出費で済んだんだ。それより六万も余計に払わせることになるんだからな」

「借り上げ社宅はこんなに広くもないし、豪華でもないよ」

桐生は桐生なりに僕を気遣ってくれたのだとは思うが、それにしてもここまで凄い部屋じゃなくても、と言おうとした僕の唇は、落ちてきた彼の唇にふさがれてしまった。

「ん……」

だがキスはほんの一瞬で、すぐに離れた彼の唇がこう語りかけてくる。

「当分の間は、週末のほとんどをこの部屋で過ごすことになるだろうからな。俺にとっても快適な空間を目指したんだが、何かご不満でも？　奥様？」

「……桐生……」

奥様、という呼びかけは多分、桐生の照れ隠しだろう。週末ごとにここに来るという宣言をした、そのことを照れているらしい彼の胸に僕は顔を埋め、その背を力一杯抱き締める。

「内装については相談しなくて悪かった。驚かせたかったんだ」

今更の言い訳だが、と耳元で続ける彼の背を僕はますます強い力で抱き締め、顔を上げた。

「どうした？」

潤んだ瞳に気づいた桐生が、目を見開き問いかけてくる。

「……奥様的には、満足」

泣きそうなほど、その気持ちが嬉しかったのだ、というのも照れくさく、今度は僕が照れ隠しに『奥様』を使わせてもらった。

「それは何より」

桐生がにっと笑い、唇をあわせてくる。

「ん……」

甘いキスにまたも涙を誘われてしまいながら、僕は桐生の背をしっかりと抱き締め、彼に誘われるがまま、桐生が二人のために購入したベッドへともつれるようにして倒れ込んでいった。


土日は名古屋のその部屋で桐生と二人で過ごし、日曜日の夕方、桐生を見送るため僕は彼と共に名古屋駅へと向かった。

名古屋駅までは地下鉄で向かったのだが、車があれば桐生を駅まで送ることができる。ふとした思いつきだったが、耳ざとく聞きつけた桐生が、

「車、買おうかな」

「駐車場は空いているらしい」

と教えてくれてからは、俄然《がぜん》現実味を帯びてきた。

「別に地下鉄で帰るのでもかまわないけどな」

桐生はそう言ってくれたが、僕自身、桐生の送り迎えをするというシチュエーションを思

い浮かべ、すっかりその気になっていた。

駅のみどりの窓口で桐生は指定席をとり、発車まであと十分ほどだったので、どこかで座る時間もなく、僕も入場券を購入しホームに向かうことにした。

桐生は最終ののぞみで帰ると言っていたが、それだと帰宅が酷く遅くなる。明日からもまた激務が始まるのだろうし、と僕は彼を案じて夕方ののぞみにしたのだけれど、いざ、あと十分で彼を見送るとなるとやはり寂しさが先に立った。

ずいぶんと昔——そう、僕がまだ子供の頃に、シンデレラエクスプレス、なんて言葉が流行ったが、まさに今、僕が、そして桐生が到着を待っている新幹線はそれにあたるんだろうな、などと、我ながらセンチメンタルすぎて恥ずかしいことを考えていたそのとき、不意に背後から桐生を呼びかける声が響いてきた。

「桐生さん！　ボス！　ああ、よかった、すれ違いにならなくて」

「…………」

聞き覚えのある声に、まさか、と思い振り返る。そこにいたのは僕が考えたとおりの人物——桐生の右腕、滝来氏だった。

「どうしました？」

普段、あまり驚きを露わにしない桐生だが、突然の滝来の登場には相当驚いたらしく、目を見開いている。

「お休みのところすみません。金曜日にサインをいただいた書類にミスが発覚しまして。至急の差し替えが必要となったのですが、ご自宅にお伺いしたところお留守でしたので、もしや、と思いまして……」

「…………」

少しの無駄もない説明をし、書類を取り出した滝来を、桐生は一瞬見つめたあと、手を伸ばし彼からその書類を受け取った。

「申し訳ありません」

背を向け、書類を読み始めた桐生のその背中に声をかけたあと、滝来は今度、啞然としたまま二人の様子を見つめていた僕にも、

「お休み中、申し訳ありませんでしたね」

と心から申し訳なさそうな顔をし、頭を下げてきた。

「いえ……」

謝られるようなことは何もない、と首を横に振った僕に滝来が、声を潜め話しかけてくる。

「ボスの携帯に連絡を入れたのですが、電源を切っておいでのようで繫がらなかったのです」

「……そうですか……」

そういえば昨日も今日も、桐生の携帯が鳴ることはなかった。モバイルを持参していたの

でメール等のチェックはしていたようだが、と言おうかなと思ったのだが、それ以前に僕は、いくら急ぎの書類だからといって滝来が桐生を追って名古屋まで来たことに、なんともいえないもやもやとした思いを抱いてしまっていた。

というのも、滝来は過去、桐生に気があったということを僕が知っているからだ。

なぜ知っているかというと、滝来本人から聞いたからだが、そのとき彼はその気持ちは終わったもののように語っていたものの、どうも言動を見ていると現在進行形のように思えて仕方なかった。

桐生と滝来は仕事上、上司部下として深いつながりがあるが、プライベートでのかかわりはないと、桐生はよく言っていた。が、こうして名古屋に来たところをみると、僕の転勤の話も知っていたということだろう。

これから平日は離れ離れに暮らすしかなくなる僕に対し、まさか滝来は宣戦布告にでも来たんじゃないだろうな、と僕は思わず彼に探るような眼差しを向けてしまった。

「……大変失礼ながら」

と、滝来は尚も声を潜め、僕に囁くようにして話しかけてきた。

「はい？」

なんだ、と問い返した僕に彼は、先ほどの僕の考えが妄想などではなく現実なんじゃないか、という言葉を口にし、僕の顔を強張《こわば》らせた。

「私は自分が職を失うものと覚悟していました。ボスが私のポジションにあなたを据えるのではないかと思ったもので……」

「……っ」

不意打ち、というのはまさにこういうことを言うのだろうという言葉に絶句してしまった僕に、滝来は慌てた様子でフォローを始めた。

「ボスからは何を聞いたわけでもありません。あなたの名古屋転勤も、ボスが不動産業者に電話をかけていた、その内容を漏れ聞いて察しただけです。まさかボスがあなたを手放すとは思えなかったので、多分ご自分の下でお雇いになるものとばかり考えていたのです」

「……そうですか……」

またも僕は相槌に困り、胡乱な言葉を返してしまった。滝来はそんな僕をじっと見つめたかと思うと、更に僕の耳元に顔を寄せ囁いてきた。

「よろしいんですか？　恋人同士にとって物理的な距離は破局への近道となりますよ？」

「……滝来さん……」

やはり宣戦布告に来たのか――それが僕の頭に最初に浮かんだ言葉だった。遠距離恋愛は成立しないと言いたげなその台詞《せりふ》の裏には、自分は桐生の傍に常にいるという優越感が隠れている気がして、思わず彼を睨んでしまった、そんな僕を見て滝来はまた、彼らしくなく慌てた素振りで、

「ああ、誤解なさらないでください」

と先ほどと同じようにフォローをし始めた。

「意地悪を言いに来たわけではありません。お節介であることは勿論わかっていますが一言忠告を——己の経験を踏まえた、老婆心ながらの忠告をしたかったのです」

「………」

桐生に負けず劣らず、普段からポーカーフェイスの滝来の表情は、正直いって今も読めなかった。が、なぜか僕は彼が嘘や誤魔化しを言っているわけではないことを感じていた。

理由はよくわからない。ポーカーフェイスでいながらにして、どこか彼の瞳に寂しげな色が宿っていることに気づいたからかもしれない。

まさか彼はその一言を——彼言うところの『忠告』を僕にするために名古屋まで来たのだろうか。

ふと僕の頭にその考えが浮かんだが、その馬鹿げた考えは前方から響いてきた桐生の声が打ち消してくれた。

「読みました。訂正箇所はこことここ、ですね」

桐生が滝来に書類を示し、滝来が「そうです」と頷いてみせる。

「サインしましょう」

そう言い、桐生がポケットを探る前に滝来はさっとペンを桐生へと差し出した。

「ありがとう」

桐生が唇をきゅっと引き結ぶようにして微笑み、挟んであった紙ファイルを台紙代わりにし、さらさらとサインをするとファイルごと滝来へと渡した。

「ありがとうございました」

滝来がにっこりと微笑み、ファイルを持っていた鞄《かばん》にしまう。

「東京に帰りますか？」

と、そのときホームに、桐生が乗るのぞみが到着するというアナウンスが響いた。同じ新幹線に乗って帰るか、と桐生が滝来を誘ったのは、ごく自然の流れだと思う。が、そのとき僕の胸は嫌な感じで、ドキリと脈打った。

それこそ遠距離恋愛を開始しようとしている僕の前で、滝来は桐生と共に東京へと戻っていく。そんな二人の姿を見たくないと、と思う、自分の嫉妬《しっと》深さに自己嫌悪の念を抱いていた僕の耳に、

「いえ」

という明るい滝来の声が響いた。

「名古屋で少し用事がありますので」

滝来はそう言うと、それでは、と桐生と僕、二人に会釈《えしゃく》し、すたすたとホームを立ち去っていった。

「…………」

多分、名古屋に用事があるというのは嘘だろう。そう思ったのは僕だけではなく、桐生もまた訝しげに眉を顰めていた。

そんな中、新幹線がゆっくりとホームに入ってくる。上りのグリーンに乗る人は結構いる上に、名古屋は停車時間が短いせいか皆が整列し始めた。

「それじゃ、また来週来るから」

桐生が僕にそう微笑み、すっと目を逸らして周囲を見回したかと思うと、何、と彼の顔を覗き込もうとした僕の唇に、掠めるようなキスを落とした。

「き、桐生……っ」

こんな人混みで、と慌てた声を上げた僕に桐生が、にっと笑ってみせる。

「俺としてはディープキスでもよかったんだが」

「……少しは人目を気にしようよ」

僕としても別れがたさは募っていたし、熱く抱擁し合いたい、という気持ちは勿論あったが、常識人としての理性がそれを妨げていたのでそう言うと、

「まあ、誰に見られるか、わからないしな」

珍しく桐生は僕の言うことを聞き入れ、ディープキスには至らずおとなしく列の後ろについた。

名古屋
なごや
Nagoya

「それじゃあ」

一番最後に乗り込んだ彼が、振り返り僕に微笑んだと同時に、ぷしゅ、という音を立て、のぞみの扉が閉まった。

「桐生っ」

思わず名を呼ぶと、桐生が、なに、というように首を傾げる。

「……あ……」

何を言おうと考えていたわけではなかった。ただ、このまま別れ別れになるのが寂しかったために呼びかけてしまったはずの僕の口からは、人目を気にしている人間とは思えない言葉が漏れていた。

「愛してる……っ」

ゆっくりと動きだした新幹線を自然と追ってしまいながら、僕は桐生を見つめ、桐生もまた僕を見つめていた。扉と轟音《ごうおん》に閉ざされ、僕の声は当然桐生には届いていない。だが、口の動きでわかったのか、桐生が新幹線を追って駆ける僕に向かい、ゆっくりと告げたその言葉は、僕にも彼の口の動きでわかった。

『愛してる』

「桐生！」

ホームに溢れる人が僕の前方を塞ぎ、これ以上新幹線を追うことができなくなった。ずっと僕を見つめていた桐生の姿が見えなくなり、彼を乗せたのぞみが遠ざかっていく。

「桐生……」

永遠の別れでもないのに、僕の胸は今張り裂けんばかりに痛み、情けないことに涙までもが込み上げてきてしまっていた。

たった一週間だ。週末にはまた桐生に会える。それが我慢できずにどうする。

そもそも、転勤は僕自身が決めたことなんだぞ――。

己に言い聞かせる自分の声が、空しく心の中に響く。

「……桐生……」

こんなことではとても、彼に相応しい男になんかなれるはずもない。しっかりしろ、と自分を叱咤しながらも焦がれるほどに桐生を欲する、その思いを断ち切ることはできず、僕はいつまでもいつまでも――既に桐生の乗った新幹線の姿などまるで見えなくなってしまっているというのに、いつまでも、ホームに佇み東京へと続いているはずの夜空を眺め続けた。


翌日は僕の、名古屋初出勤の日だった。既にマンションは決まっていたが、場所についてはまだ名古屋支社には伝えていない。

予定では僕は、この一週間で三枝から仕事を引継がれ、その後二日ほど転任休暇を貰《もら》って引っ越しをすませて翌週の半ばから正式赴任、ということになっていた。

平成元年入社の小山内部長について、石田先輩は名古屋にいるラグビー部の後輩から色々と情報を仕入れていた。

なんでも彼の実家は、名古屋でも老舗《しにせ》の呉服店だそうだ。能力が高いために東京本社への異動が何度も持ち上がっているが、実家の傍は離れられないという理由で名古屋に留まっているらしい。

ビジュアルがまた、映画やテレビドラマに出てくるような『エリート商社マン』そのものなんだ、という話だったが、詳しいプロフィールを聞いてもなぜ彼が僕を指名したか、その心当たりはまるで思いつかなかった。

始業の三十分前に一応出社したところ、僕に引継ぎをする予定の三枝は既に来ていて、僕に気づくと「こっちです」と声をかけてくれた。

「部長、長瀬さん、来ました」

席に案内してくれたあと、彼はひな壇にある小山内部長の席まで僕を連れていってくれた。

「やあ、君が長瀬君か」

名古屋は皆、出社が早いのか、部内の八割方がこの時間に出社していた。明るく声をかけてきた部長も来たばかりとは思えず、既に仕事モードに入っていたようだ。

確かに、エリート商社マンっぽい出で立ちだな、と僕は、

「はじめまして」

と挨拶しながらもこっそり部長を観察していた。

「これからよろしく頼むよ」

立ち上がり、にっこりと微笑みかけてきたその顔は、俳優でもここまでの顔立ちはいまいというほど整っていた。身長は百八十五センチ以上ありそうで、さすがは呉服屋の御曹司というか、センスのいい、しかも高級そうなスーツに身を包んでいる。

笑顔がまた、胡散臭《うさん》いくらいに——同性ゆえのやっかみと聞き流してほしい——爽《さわ》やかで、石田先輩の与えてくれた前情報どおりだ、と僕はつい、まじまじと彼の顔を見やってしまった。

『君が長瀬君か』

と言われたところを見ると、やはり僕のことを知っていたわけではないらしい。となると、彼の指名だというのはやはり、単に TOEIC の点が部内で一番高かったという、それだけの理由なのかな、などと僕が考えていることになどまるで気づかぬ様子の小山内部長が、周囲を見渡し大きな声を上げた。

「みんな、ちょっと集まってくれ。長瀬君を紹介するよ」

呼びかけに応え、ぞろぞろと彼の部下と思《おぼ》しき男女がひな壇の周りに集まってくる。しま

った、挨拶を何か考えねば、と考えを巡らせていた僕に部長がまたも爽やかににっこりと微笑むと、その笑顔を集まった部下たちに向け口を開いた。

「今月一日の発令で当部所属になった長瀬秀一《しゅういち》君だ」

そう言い、今度は僕へと視線を移すと部長は、自己紹介を、と目で促した。

「初めまして。長瀬です。今年四年目になります。どうぞよろしくお願いします」

新入社員だってもう少しマシな挨拶ができるだろうに、と自己嫌悪に陥りつつもそれだけ言うのが精一杯だった僕が頭を下げると、誰からともなくパチパチという拍手の音が響き渡った。

「長瀬君は今週いっぱいで三枝から引継ぎを受ける予定だ。皆、よろしく頼む」

どこまでも爽やかに小山内部長はそう言い、僕の背を叩いたあと、

「ああ、姫宮《ひめみや》」

と不意に大きな声を出した。

「…………」

彼の視線を追った先、今出社してきたばかりの様子の細身の男性の姿が僕の目に飛び込んでくる。

「長瀬君、紹介するよ。君の課長の姫宮君だ」

小山内が近づいてくる彼と僕を引き合わせる。

「よろしく」

にっこりと微笑みかけてきたその男性を見た第一印象は、なんて綺麗な男の人なんだ、というものだった。年齢は多分、僕よりも三、四歳上なんじゃないかと思う。

美人、という言葉が相応しい、線の細い美形の彼に圧倒され、一瞬返事が遅れてしまったことに気づいたのは、その美人が、どうした、というように小首を傾げてみせたためだった。

「し、失礼しました。よろしくお願いします」

慌てて頭を下げた僕の耳に、笑いを含んだ美人の——新上司である姫宮課長の声が響く。

「待ってたよ、長瀬君。これからは宜《よろ》しく頼むね」

「…………」

やたらと親しげに感じる口調に違和感を覚え、顔を上げた僕の目に飛び込んできたのは、意味深としかいいようのない表情で微笑みつつも、少しもその目は笑っていない、そんな『美人』の笑顔だった。

帰らざる日々

1

「聞いたか？　甲斐《かい》、資本研究部に異動だそうだよ」

　噂《うわさ》好きの団地の主婦のような同輩がこの会社には溢《あふ》れている。まあ、団地の主婦全員が噂好きという括《くく》りに入るとは勿論《もちろん》私も思ってはないが、リサーチする目を外に向けろ、と言ってやりたいという気持ちをおくびにも出さず私は、

「へえ」

　とそっけなくもなく、興味津々でもない風を装った相槌《あいづち》を打った。本当はその噂はとうに私の耳には届いていた。研究部の西尾《にしお》部長が甲斐の人となりについて教えて欲しいと聞いてきたのは先週のことになる。

「営業よりは向いているか？」

　にや、と笑うこの部長がバイであるのは、ある意味公然の秘密だった。それでも彼が幹部候補と言われているのはその卓越した判断力と誰もが持てるわけではない営業センスのためだった。

　今、資本研究部に席を置いているのは、将来役員となるために管理部門の部長も経験して

いなければならないからなのだが、「本当に管理はつまらない」とピロートークで嫌というほど聞かされるのには閉口していた。

「さあ」

そのときも私は、極力興味のないような風を装い、簡単に流したのだったが、何故《なぜ》だか部長は自棄《やけ》に絡んできた。

「だって同期だろう？　仲がいいそうじゃないか」

部長との逢瀬《おうせ》はいつも私の部屋だった。関係が生じてからそろそろ半年が経《た》とうとしている。切っかけはなんだったか——思い出すのも億劫なくらいに、この関係は私にとってはマンネリなものと化していた。出来る男とも出来ない男ともやることは一緒だ。『出来る男』は自慢が入るだけ余計に厄介《やっかい》かもしれない。社内でこの種のパートナーを見つけるつもりはなかったというのに、私としたことがヤキが回ったな、などと考えているのを察したのだろうか、部長は曖昧《あいまい》に笑って答えない私の顎《あご》を捕《と》らえると、

「……どういう仲なんだかな」

と探るような眼差《まなざ》しで真《ま》っ直《す》ぐに私を見下ろしてきた。

「特別仲がいいわけじゃあありませんよ」

面倒だな、と思いながらも笑顔で答え、自ら彼の首へと両腕を回して唇を合わせる。直ぐにきつく舌を搦《から》め捕られて、傍《かたわ》らのソファに押し倒される、いつもながらの早急な彼の行為

に半ば呆《あき》れながら、私はおざなりとは決して気付かれぬようにその身体《からだ》の下で低く声を漏らした。

「待ちきれないか？」

予想通りの問い掛けに笑い出しそうになるのを堪《こら》え、彼の背にしがみつく手に力をこめる。

「仕方のない奴だ」

くす、と笑う部長の声を耳元で聞きながら、仕方がないのはどっちだと私は心の中で舌を出していた。

「……で？　甲斐はどうなんだ」

行為のあと、汗ばむ身体を擦《す》り寄せてきた部長が同じ問いを投げかけてきたときには、私は模範解答のような答えを自分の中で用意していた。

「真面目《まじめ》な男ですから、指示したことは完璧にこなすでしょう」

「独創性がないと？」

「……独創性が邪魔になるセクションは、いくらでもあるのでは？」

「違いない」

あはは、と声をたてて笑うと部長は私の背を抱き寄せた。内腿《うちもも》に残る彼の精液が疎《うと》ましい。

「まあ長くはないだろうな」

その精液をわざと私の脚に塗りこめるようにしながら、部長の手が次第に脚の付け根へと向かってゆく。もう一度か――トシもトシだというのにタフな男だ、と嘘《うそ》くさくもその手を逃れようと身体を捩《よじ》ると、

「なんだ、もう降参か」

と下卑た笑いを浮かべながら、部長が私の背に唇を落としてきた。

「……やっ……」

こうした仕草が相手を煽《あお》るのを知っていながらやってみせる私もどうかしている。今日はさっさと終わらせ、ゆっくり眠る予定だったのに、と思いながらも無理矢理にうつ伏せにさせられ、高く腰を上げさせられたときには睡眠時間の確保はあきらめていた。

私らしくもない――思った途端、いきなり突き上げられ、演技でない声が口から漏れる。背中で聞こえる下等な獣のような息遣いを厭《いと》わしく思っているはずなのに、身体だけはその獣が望むような反応を見せることを自嘲し、私は暫《しば》し思考をシャットダウンして行為に没頭することにした。

「はぁっ……あっ……あぁっ……」

自らの嬌声が己を煽る。私は激しく腰を振りながら、咥《くわ》えこんだそれを千切らんばかりに

締め上げてやった。

「く……っ」

抑えられない低い呻《うめ》き声の下、ふとした瞬間に脳裏を過《よ》ぎるあの顔を振り落とそうと、激しく頭を振って敷布に汗を飛ばす。

払っても払っても浮かんでくる、あの遠慮がちな眼差し――。

「あぁっ……っ」

高く声を上げながら、私は精を吐き出した。

「う……っ」

制止のきかない後ろの収縮に、部長も低く声を漏らしながら達したようだった。

「……どうした……」

半身を返して唇を合わせようとする私に、部長が笑いを含んだ声で囁《ささや》いてくる。

「………」

なんでもない、と言うかわりに貪《むさぼ》るようなくちづけを与えながら、私は今、尚《なお》もこの頭の片隅に残る『彼』の黒い瞳に思いを馳せていた。

彼——今度、この部長のもとに異動になる甲斐雅史《まさふみ》と私は同期入社だった。

入社以来、同じ部に配属になった彼を見た途端、何故この会社を目指したのだろう、と私は首を傾《かし》げずにはいられなかった。

国内屈指のコンサルティング会社である当社に勤めようと思うタイプは皆どこか似通っていて、最先端の情報を操るもの特有のある種嫌みな雰囲気があった。服装も嗜好もいわゆる『最先端』を目指すために、ギョーカイ人のような風体の人物が多いのだが、そんな中、甲斐はいつまで経っても垢抜《あかぬ》けないいままだった。外見だけではなく、彼は生き馬の目を抜くようなこの業界にもなかなか馴染《なじ》めないようで、彼を罵倒する上司の声を私は何度となく聞いたものだ。

決して頭が悪いのではない。なんというか彼は——人が好《よ》すぎた。計算ずくで動くことが出来ないがために、しなくてもいい業務を抱え込む要領の悪さを見せる彼にフォローの手を差し伸べる余裕のある者はおらず、常に深夜残業をしている彼を、人は『残業代泥棒』と陰で中傷していた。

いよいよ課長の堪忍袋の緒も限界だったのか——彼の異動の話を聞いた者全員が同じ反応を示す中、彼自身はどのように感じているのか、同期の中で何時《いつ》の間にか『一番仲の良い』というレッテルを貼られた私に皆が聞きにきたが、そのことについて私は彼と話す機会を持たなかった。

『一番仲がいい』――否定はしないが、事実ではなかった。私は彼に心を開いてはいなかったし、それは彼も一緒だからだ。

ただ、私だけが分け隔てなく彼と対話していたというに過ぎない。他の同期は、上司から睨《にら》まれている彼との係《かか》わり合いを著しく避けていた。

彼を馬鹿にすることで、己のアイデンティティーを高めようとする者もいた。彼はその孤立自体に気づいているのかいないのか――物凄《ものすご》く鈍感なのか、それとも気づいて尚平気でいられる神経の太さをもっているのか、それはわからなかったが、彼自身の対応は、私に対するときも、他の彼を避けるものに対するときも、実は一緒であることに、私だけが気づいていた。

「なんでも九州ではちょっと有名な和菓子屋の跡取息子らしいよ」

そんなプロフィールも私は本人からではなく、周囲の噂好きの連中から知ったくらいで、彼の家族構成も、趣味も、嗜好も、実際のところ私は何一つ知らなかった。鷹揚な性格は戻るべき場所があるからなのか、とやっかみ半分で悪口を言う者もあとをたたなかったが、彼はそんな声など一切聞こえぬようにマイペースで出社し続けていた。

その彼もいよいよ――営業を追い出され、管理部門へ行くことになるのか。

もう話す機会もなくなるだろうな、という考えが脳裏を過ぎった次の瞬間、今、唇を合わせているこの男に様子を聞けばいいのか、という自分でも思いもかけない考えが芽生え、私は内心酷《ひど》く狼狽《ろうばい》してしまっていた。

「……？」

気配を察し、薄く目を開きかけた部長の意識をそらそうと、尚も唇を重ね続けながら、私はこんなにもあの黒い瞳に捕らわれている自分を持て余し、馬鹿げたくちづけに必死で没頭していった。


「滝来《たきらい》」

翌朝出社した途端、私は課長に呼ばれた。別室に呼び出され、何事かと思っていると甲斐の異動を告げられ、仕事の引継ぎを頼むとのことだった。

「本人にはこれから発令のことは伝えるんだが、まあ仕方がないと君も思うだろう？」

こういうことを同期に言うのは如何《いかが》なものか、と内心眉《まゆ》を顰《ひそ》めつつ、私は肯定とも否定ともとれるような微笑を浮かべてみせた。

「異動は二週間後だ。少し負担は増えるだろうが、宜《よろ》しく頼む」

君にしか頼めないものでね、と世辞にもならない空々しいことを言いながら、課長は会議室のドアを開いた。

「わかりました」

二週間——短いな、との思いが私の胸に過ぎった。資本研究部は二十六階、私のいるこのフロアの十階も上になる。

「それがどうした」

ひとりごちた私に、課長が不審そうに振り返る。

「なんでもありません」

慌ててまた微笑を浮かべながら、私は何故こんなにも彼の異動を冷静に受け止めることが出来ないのだろう、と一人密《ひそ》かに首を傾げた。

席に戻った途端、課長は今度は甲斐の名を呼び、会議室へと向かった。周囲に意味深な囁きが溢れる。

「なんだって？」

隣席の先輩が尋ねてきたのに、「いえ」と言葉を濁し、私は目の端で課長のあとに続く甲斐の何処《どこ》かとぼとぼとした足取りを追っていた。

課長と甲斐はすぐに部屋から出てきた。ドアを開けながら笑顔で振り返った課長に、甲斐も笑顔を返している。そのことに安堵《あんど》と失望が入り混じったような感情が芽生えるのに戸惑いを覚えた私は、だんだんと近づいてくる彼らをまるで避けるかのように、手洗いへと立った。少しも尿意など覚えていないにもかかわらず、トイレの鏡の前に立っている自分のこの馬鹿馬鹿しい行動は何に帰するものなのか――多分、私にはわかっているはずなのに、それを認める勇気はなかった。

「あれ？」

不意にトイレの戸が開き、甲斐が顔を覗《のぞ》かせたとき、私はぎょっとして思わず勢いよく彼を振り返ってしまっていた。

「なんだ、探したよ。ここにいたの？」

にこにことといつものように笑いながら甲斐が私の方へと近づいてくる。私が顔色を変えたことにすら気づかない鈍感な男――いや、気づかないのはそれだけの興味を私に対して抱《いだ》いていないということか。

「なに？」

馬鹿馬鹿しい思考が芽生えるのを必死で押し殺し、私もいつもの笑みを彼へと向けた。決して媚《こ》びるわけではなく、己の優位性を相手にわからせるための計算しつくした微笑の意図は、やはりいつものように彼には少しも届いていないようだった。

「今さ、課長に呼ばれたよ」

苦笑するように笑いながら、甲斐は私の傍らに立った。鏡を背に洗面台に腰を下ろすようにして話し始めた彼に合わせ、私も洗面台に腰掛け彼の顔を覗き込んだ。

「……異動だってさ。君にすべてを引き継ぐように指示があった」

「そうか」

淡々とした言葉には、なんでもないような相槌が相応《ふさわ》しいと思ったにもかかわらず、目の前で甲斐が心持ち傷ついたような表情になったのに、やけにどきりとしてしまった。

「ま、これまでよく首切られずに済んだと思うよ」

はは、と乾いた笑い声をあげながら、甲斐はそう私を見た。

『そんなことはないだろう』——言えばどれだけ嘘くさくなるか、わかるだけに私の口は開かなかった。

他の人間になら——たとえ相手があの切れ者と噂される研究部の西尾部長であっても、私は臆面もなく『そんなことはないでしょう』と思ってもいない言葉を口に出来ただろう。だが彼には——甲斐の前では、全ての嘘が白々しく響くことが、何故だか私にはわかりすぎるくらいにわかっていた。

「滝来ならなんでもない仕事だろう」

「そんなことはないさ」

思わず即答してしまったのも、この言葉がそれこそ私の本心から出たものだからだった。

要領のよさを示せばそれだけ仕事は回される。今の時点で私はかなりキャパオーバーの仕事を与えられていた。その上彼の仕事まで引き受けることになろうとは、などという思いが働いたわけではないが、『なんでもない』わけがないじゃないか、と思わず返してしまった私に、

「すまん」

と甲斐は素直に詫《わ》び、ぽりぽりと頭を掻《か》いた。

「……いや」

こんな風に人に気を遣わせることなど、私にはありえないはずなのに——如何なる場面でも、私は常にその場を摑《つか》んでいたいと願っていたし、それが実現も出来ていた。

主導権は常に私が握る。それは相手が課長だろうが部長だろうが関係はなかった。たとえ自分が跪《ひざまず》こうが、叱責されようが、すべてそれは私の計算ずくの行為であり、主体は常に私にあった。その気になれば上下関係すらひっくり返せるくらいの己惚《うぬぼ》れを抱いていた私が、彼の前では——この甲斐の前では、あまりに容易《たやす》くその場の主導権を放棄してしまっている。

一体彼のなにがそうさせるのだ、と苛々《いらいら》する気持ちのままに、私は我ながら不機嫌とも取れる声で、

「君が謝ることじゃないだろう」

と彼から目を逸《そ》らした。

「……君には負担をかけてすまないと思ってはいるんだよ。でも……」

甲斐も目を伏せ、自分の足先を見つめながらぼそぼそと言葉を続ける。

「……引き継ぐのが君でよかった、と思っていることも事実なんだ」

その言葉を聞いた途端、私の胸に彼への説明の出来ない思いが生まれた。

「滝来？」

甲斐が――この鈍感な男が気づくほどに顔色を変えた私の胸に芽生えた思いは――憎しみ、としかいいようのない、どす黒い感情だった。

2

発令は予定通り行われ、甲斐は殆《ほとん》ど寝ずに作った引継書を私に託し、研究部へと異動していった。

甲斐からの引継ぎ案件は、数は決して多いとは言えなかったが、彼の徹底したフォロー故か先へと繋《つな》がる話が多いことが私を驚かせた。決して仕事が出来ないわけではなく、ペースが他と違っただけなのだ。上司をはじめ、誰もが気づかぬ彼の仕事振りに触れることが出来た私は、それでもそのことを敢《あ》えて他に知らせようとは思わなかった。

言ったところで彼の異動が取り消されるわけではない、というのがその理由ではあったが、実のところは私の心にわだかまる、自分でも説明のつかない感情が彼への擁護の妨げとなっているのかもしれなかった。

私であれば――研究部長と『私的な』話ができる、私がその気になりさえすれば、過小評価された甲斐の評価を改めさせてやることが出来るはずであった。部長に引継ぎ案件の詳細を述べればいい。役員候補とまで言われた男だ、能力のある部下を飼い殺しにするような馬鹿な真似《まね》はしないだろう。

それでも私は自分が決して甲斐の話題を西尾部長にふらないであろうという確信を抱いていた。

『引き継ぐのが君でよかった』

ぼそぼそと囁く甲斐の、何処かはにかんだような微笑が脳裏に蘇《よみがえ》る。

あの言葉に深い意味などないのだろう。他の同僚たちが彼に対して一線を引いている中で、私だけが彼とごく普通に対話をしていた、それだけの話に違いない。それがわかっていながらにして、何故に私はあのとき、彼に対して憎しみにも似た感情を抱いてしまったというのだろうか。

不在は忘却を促す。彼の姿を見る日が稀《まれ》になってくると、私も表面上は彼のことなど忘れ、日々の業務に忙殺されていった。時折彼から引き継いだ案件で、詳細を聞きたいようなケースがないでもなかったが、私は独力ですべての対応にあたった。効率が悪いと言われようと、彼に教えを乞《こ》う気にはどうしてもなれなかったのだった。

そんな私に甲斐のことを思い起こさせたのは、やはり、というか、彼の異動先の上司、西尾部長だった。何か嫌なことでもあったのか、たいした前戯もせず乱暴に私の腰を抱いた部長はそれで鬱憤《うっぷん》晴らしができたのか、まるで私の機嫌をとるかのようにいつまでも後ろから私の身体を抱き締め、私自身をゆるゆると扱《しご》きあげてきた。

「……もう……」

なにが『もう』だ、と思いながらも媚びるように肩越しに振り返ると、部長は満足げに唇を落としてくる。いい加減この男との関係にも飽きてきたな——唇を合わせながら如何に関係を断ち切るかを、ぼんやりと考えていたそのとき、思い出したかのように部長が甲斐の名を出してきたのだった。

「え?」

聞き直そうとした途端に片脚を高く上げさせられ、きつい体勢に眉を顰める。くちゅ、と後ろで濡れたような音がする、その音に誘われるかのように手の中で私の雄が息づき始めたのに更に気をよくした部長は、再び硬くなり始めた自身の質感を確かめるべく、片脚をあげさせたまま私の腰を抱き寄せてきた。

「……っ」

くちゅ、と中に溢れる彼の精液がまた淫《みだ》らな音を立てる。結合した部分から零《こぼ》れ落ちるそれが尻から太腿を伝わり膝《ひざ》へと流れた。

「いやらしい音だな」

くちゅ、くちゅ、とわざとのように音を響かせながら、部長が腰を前後し始めた頃には私の雄も屹立《きつりつ》しきり、先端から透明な雫《しずく》を滴《したた》らせ始めていた。

「……やっ……」

親指の爪でその雫を塗りこめようとでもするかのように鈴口を割られ、私は大きく背を仰《の》け反《ぞ》らせた。不自然に持ち上げられた脚が辛《つら》い。痛みすれすれの快楽が身体を駆け巡り、私を急速に煽っていった。

「……やっ……あっ……はぁっ……」

激しくなってきた彼の突き上げが更に私を追い込み、気づけば大きな声をあげながら私は彼の手の中に己の精を吐き出していた。

「まだ早いぞ」

息を乱しながらも部長は私の脚を抱えたまま、ピストン運動を続けていたが、やがて二度目の絶頂を迎え、私に覆い被《かぶ》さってきた。全体重をかけているのではないかと思えるようなその重さから逃れようと、彼の胸を押し上げ、くちづけをねだる素振りをする。にや、と笑いながら唇を落としてきた部長の考えていることは、どうせ下卑たことに違いない。多分聞くだろうな、と思っていたとおりの、

「よかったか」

という言葉がその唇から漏れたときには、私は不覚にも笑いそうになってしまった。慌てて俯《うつむ》いてみせると、

「恥ずかしがらなくてもいいだろう」

などと更に誤解を重ねてくれる。ラクといえばラクな男なのかもしれない。在社している間はメリットもあるだろうし、関係を断ち切るのは見送ろうか、などと私が考えていること

など知らぬ彼は、満足そうな微笑を浮かべたまま私を再び抱き寄せたのだった。

そういえば甲斐の名が出たのだった、と私が思い出したのは、すっかり機嫌を直した部長が、流石《さすが》に疲れたのか私を抱きながらうとうとと眠りかけたときだった。一体何事だろう——好奇心からと、このままここで眠り込まれては困るという思いから、私は西尾部長を揺り起こしながら、

「なんの話でしたっけ？」

と彼の顔に唇を寄せた。

「話？」

寝ぼけたような声をあげながらも部長は、ううん、と大きく伸びをして、私の身体を離した。

「話の途中だったように思うんですが」

落ちていたシャツを肩にひっかけ、部長には彼の下着を渡してやる。年に似合わずボクサーパンツなどはいているところがまたミーハーなのだと、私は続いてTシャツを、ワイシャツを彼へと手渡していった。

「なんだったかな」

そろそろ深夜二時を回ろうとしているということに気づいた部長はきびきびと帰り支度を始めたが、やがて話したかったことを思い出したのか、

「ああ」

と不快そうに眉を寄せ、私を睨んできた。

「なんです？」

甲斐が何かやったかな——それにしてもそれで私にあたるとは、筋違いもいいところだ。が、吐き捨てるように言った部長の次の言葉を聞いた瞬間、私は柄にもなく驚きの声をあげてしまっていた。

「急に辞めると言い出した。父親が倒れたので実家を継ぐなどと……すぐに辞める男を寄越すとは、馬鹿にしてくれたものじゃないか」

「なんですって？」

今度は西尾部長が驚きを顔にあらわす番だった。

「…………」

無言で私の顔を見やる彼の視線を避け目を伏せた私に、部長の腕が伸びてくる。

「もう……」

帰らなければいけないのでは、とその腕を振り払おうとした手首を摑まれ、私は再びベッ

ドの上に押し倒されていた。

「なんです？」

逆光になっているために部長の表情はよく見えない。

「……珍しいこともあるものだな」

肩から羽織っただけのシャツはすっかりはだけてしまっていた。裸の胸を部長の両掌《りょうて》が弄《いじ》るように蠢《うごめ》いてゆく。

「……なに……っ」

両方の胸の突起を乱暴に捻《ひね》られ、思わず息を呑んだ私に向かって部長が囁いてきた言葉は私を更に狼狽させた。

「……お前が本気で驚く顔など見たのは初めてだ」

「そんな……っ」

痛いくらいに乳首を引っ張られ、私は唇を噛《か》み締めながらその刺激をやり過ごす。

「何をそんなに驚いたのかな？」

言葉の穏やかさとは裏腹に、その手はまるで罰を与えでもするかのように私の肌を摑み、引っ張り、その爪あとを残してゆく。

「……っ」

下へと滑り降りてきた片手で睾丸を摑まれ、私は声にならない叫びをあげた。気を失うほどの痛みが全身を走る。

「……妬《や》けるじゃないか」

声音は確かに笑っているのに、真っ暗にしか見えぬその顔が恐ろしかった。一体何が『妬ける』というのか――思考を遮る苦痛に真剣に悲鳴をあげながら、私はわけのわからぬこの折檻を逃れるために彼に縋《すが》り、必死で許しを乞うた。

「……リアリティのない顔だな」

部長は鼻で笑ってそう言うと、子供が遊び飽きた玩具を放り投げるように私の身体から手を退《しりぞ》けた。

「帰る」

苦痛が生んだ生理的な涙が頬《ほお》を伝う。落ちていたスラックスを手早く身につけ、足早に部屋を出て行く部長の顔を、私はついに見ることが出来なかった。

傲慢な男ではあったが、こんな目に遭《あ》うのは今回が初めてだった。一体何が彼の気にくわなかったのか――。

『妬けるじゃないか』

なにが妬けるだ、と私はまだ痛みの残る下肢を庇《かば》うようにして起き上がると、彼の出て行ったドアを見やり、はあ、と大きく息を吐いた。シャワーでも浴びるか、と立ち上がろうとしたが、どうにも億劫で私は再び二人の精液に塗《まみ》れたシーツの上にどさりと倒れ込んでしまった。

明日には部長の機嫌も直っているだろう。たとえ直らなかったにしても、失って困るような関係ではない。

考えなければならないのは別にあるような気がしたが、私は敢えてそのことから必死で目を背《そむ》けようとしていた。

失って困るような関係か——。

脳裏に浮かぶ、おどおどとした黒い瞳のイメージを振り払おうとでもするかのように私は軽く頭を振ると、眠りの世界へと逃げ込むべく目を閉じ、疎ましさを堪えて敷布に顔を埋《うず》めたのだった。


翌朝出社した私の耳に、噂好きの同僚から甲斐の退職の話が早くも届いた。

「管理部門を馬鹿にしているのか、って西尾部長はカンカンらしい」

したり顔でそう頷《うなず》く同僚に、そのとおりだよ、と私は内心思いながらも、

「へえ」

とまた興味なさげな、それでいてそっけなくもない相槌を打ってやる。

「代わりに誰かを寄越せ、と言ってるらしいけど、滝来なんて狙《ねら》われるんじゃない？」

なにせバイらしいからな、と下品に笑う彼に、既《すで》に関係は出来上がってると告げてやったらどんな顔をするだろう、などと馬鹿げたことを思ってしまった私の『虫の居所』も相当悪いようだった。

「実績を積んでない者が出されるだけの話だろう」

決していい成績を残しているとはいえない彼にそう言ってやると、さすがにバツが悪そうな顔をして私の前から立ち去った。普段であれば、あの程度のジャブなら笑って流してやったものを、一体私は何に苛ついているというのだろう。小さく溜《た》め息《いき》をつきながら向かいなおった机の上の電話が鳴った。

「はい、営業……」

1コールで出た私の耳に響いてきたのは、昨夜《ゆうべ》逢《あ》ったばかりのあの男の声だった。

『西尾だ。すぐに部屋に来るように』

社内で顔を合わせるリスクなど、今まで犯したことがないというのに、一体何事かと私は首を傾げながらも、

「わかりました」

と了解の意を伝え、一人席を立った。

『代わりに誰か』——退職するという甲斐の代わりを私にやらせようとでも考えているのだ

ろうか。

まさか、と思いながらも、昨夜少しもその表情を見ることが適《かな》わなかった彼の様子を思うと、それもない話ではないような気がしてきてしまう。何より、本当に甲斐は会社を辞めるのだろうか——。

そんなことをぼんやりと考えているうちに十階上の研究部のフロアに到着した私は、部長秘書に断って彼の部屋の戸を叩いた。

「失礼します」

頭を下げながらドアを開く。

「入りなさい」

いつもよりは心持ちオフィシャルな口調になっている彼の言葉に従い、私は後ろ手にドアを閉めると、

「お呼びでしょうか」

と彼の方へと近づいていった。

「ああ」

自分のデスクを背に立っていた部長が私の方へと片手を伸ばしてくる。まさか社内で何をしようという話でもあるまい、という予想はあまりにもあっけなく覆され、乱暴に腕を引っ張られた私はそのまま彼の胸に抱き込まれ、唇を塞《ふさ》がれていた。

「……っ」

一体何事だ、と思いながらも、私も彼の背に腕を回した。さすがに部長室に入る前には誰でもノックくらいはするだろう、と唇を合わせながらも耳を欹《そばだ》てている私の背を抱き締めていた部長の手が段々と下へとおりてくる。尻を摑まれ、前を擦り寄せられると、既に勃《た》ちかけているその雄の熱さが服越しに伝わってきた。朝から元気な男だよ、と内心溜め息をつきながら、薄く開いた私の目に信じられない光景が飛び込んでくる。

部長のデスクの横、目隠しのようにおかれた観葉植物の陰から、驚いたように私たちを見つめていたのは――甲斐だった。

3

「な……っ」

思わず合わせた唇の間から声を漏らした私を、薄く目を開いた西尾部長がにやりと笑って見下ろしてきた。その胸を突き飛ばすようにして身体を離した私は、何がどうなっているのだ、と部長と甲斐を代わる代わるに見やった。

「し、失礼します」

私と視線を合わせた途端、甲斐はぼそぼそと口の中で呟《つぶや》きながら、足早に部屋を去ろうとした。

「おいっ」

後を追おうとしたわけではない。が、思わず彼へと伸ばした手を西尾部長が摑んできた。なんだ、と振り返ったときには甲斐は部屋を出たあとで、バタン、とドアが閉まる音を背に、私は、

「一体どういう趣向です？」

と部長を睨みつけた。

「ジャストジョークさ」

「……悪趣味な」

部長の手を振り払い、

「まさか単にこのためだけにお呼びになったわけではないでしょう」

とさらに睨むと、

「まさか」

と部長はにやりと笑って机の向こう側へと戻って行った。

「なんです」

「甲斐のかわりに君を引き抜きたい」

机に肘《ひじ》をつきながら、舐《な》め上げるように私の身体を下から見上げてきた彼に、私はなんと答えようかと瞬時迷った。

本心を言えば管理部門になど興味はない。飼い殺しにされるのはごめんだ、という思いを如何に隠して断るか——そんな私の考えなどお見通しだというように、部長はにやりと笑った。

「悪いようにはしない。将来は確約しよう」

「…………」

確約ね、と私は心の中で溜め息をつく。役員候補の彼の引きがあれば、この社でのある程度の出世はそれこそ『確約』されるのだろう。が、生憎《あいにく》私はこの社に骨を埋める気などさらさらなかった。

「考えておいてくれたまえ。まあ、君が考えてもどうなるものでもないがね」

歌うような口調は、西尾部長が上機嫌である証拠だった。オンとオフのけじめだけはつける男かと思っていたが、まさか自分の愛人を下に持って来ようとは、彼もヤキが回ったということなのだろうか。

「……わかりました」

とはいえ、社内では彼の立場の方が絶対的に強いということは否定しようのない事実である。私は大人しく頷くと、

「それでは」

と踵《きびす》を返し、ドアへと向かった。どうにも腹の虫が治まらない。そんな私をさらに煽るような言葉を西尾部長は私に投げかけてきた。

「君とは一蓮托生《いちれんたくしょう》だ。この先も……ずっとね」

思わず足を止め、私は肩越しに部長を振り返った。選民意識に溢れた下卑た顔だ。役員は望めてもトップは望めない、小さな男だ。

「……そうお思いになるのでしたら、馬鹿げた悪戯《いたずら》はなさらないことですね」

憤りのままに言い捨てた私に、部長はさらに下卑た笑いを浮かべると、

「どうせ辞める男だ。気にすることはない」

とやはり歌うような口調でそう言った。

「…………」

込み上げる怒りのままに彼を罵倒できればどれだけ溜飲《りゅういん》が下がることだろう。だが、その怒りが何に起因するかに気づいた私はそのまま無言で頭を下げると静かに部屋のドアを閉めた。

やれやれ、とドアを背に溜め息をついているところを見ていた秘書を愛想笑いで誤魔化すと、私はぐるりと室内を見回した。長身ゆえに目立つはずの彼——甲斐の姿は、どこにもなかった。彼を探してどうしよう、という考えがあったわけではない。先《ま》ずは口止めをしなければならない。そして何故こんなことになったのか、経緯を聞かなければならない——後からこじつけたような『理由』を胸に、私は社内で彼が行きそうな場所を十分ほどかけて回り、ようやく営業前で明りの消えた社員食堂の片隅に座る彼を見つけることが出来たのだった。


「やあ」

人の気配を察して顔を上げた彼にそう片手をあげると、甲斐は驚いたように目を見開いた

あと、

「やあ」

とぼそりと答えてきた。

「会社、辞めるそうだな」

会話の切っかけはこれしかなさそうだった。私は如何に『口止め』まで話をもっていくかを考えながら、彼の返事を待った。

「ああ……急に親父《おやじ》が倒れてね」

「悪いのか？」

「半身不随だ。寝たきりだよ」

「……そうか」

相槌の打ちようのない会話に、私は口を閉じた。噂は真実を伝えていたらしい。何を言ってもおざなりな慰めにしかなりそうもなく、黙り込んだ私に気を遣ったのだろう、

「まあ、いつかは家に帰って跡を継ぐつもりだったからね。予定が早まっただけだよ」

と甲斐は作ったような笑顔でそう告げた。

「……そうか」

痛々しいな——不意に心に芽生えた感情は私にとってあまりに新鮮だった。同情とも憐憫《れんびん》とも違う、何か——まさに『痛々しい』としか説明のできないこの思いに戸惑い顔を上げた

私に、甲斐は「でもな」と溜め息をついてみせた。

「異動したばかりだからな……異動元にも異動先にも迷惑をかけてしまう」

それが心苦しいんだ、と俯《うつむ》いた彼に、

「関係ないだろう」

と言った私の語調のきつさは、彼を、そして言った本人である私をも驚かせた。

「滝来？」

「すまない」

痛々しいと感じた彼に対する思いが、次第に憤りへと変じてゆく。己の感情をコントロールできないことへの苛立ちもあったのかもしれないが、私はこの、目の前のあまりに人の好すぎる男に心底苛々し始めていた。

おどおどとした眼差しも、なにかというとすぐに謝るその態度も、何もかもすべてが気に入らない。彼が迷惑をかけると気にしている異動元も異動先も、彼に対して何をしてくれたというのだ。彼が案じるような価値のある場所ではないだろう、という怒りのままに私は、

「退職したあとのことなど、気にする必要はない、という話だよ」

と言い捨てると、それじゃあ、とその場を去ろうとした。

「滝来」

慌てた声とともにあとを追ってくる気配がしたと思ったとき、不意に右手を摑まれ、私は

驚いて彼を振り返った。

「ああ、すまない」

また謝罪だ。甲斐はさらに慌てたように私の手を離すと、いきなり何を思ったのか、

「……さっきは本当にすまなかった」

と私の前で頭を下げてきた。

「さっき？」

問い返した私の脳裏に、部長と唇を合わせている姿を呆然《ぼうぜん》と見ていた彼の顔が蘇る。

「……勿論口外はしない。安心してくれ」

真剣な眼差しでそう言うと、甲斐は私の前で再び頭を下げた。

「…………」

私が忘れていた『口止め』を彼の方から口にするとは——なんともいえない思いを胸に、私は目の前の男をただ見つめてしまっていた。

彼の本意は一体どこにあるというのだろう——。

考えるまでもなく、言葉どおりのことしか彼は考えていないのだろう。人との付き合いで計算を働かせたり、ハッタリをかませたりすることが出来ない男だ。実直な、実直だけが取得の男だ。

彼の継ぐという実家の商売の行く末が心配だ。腹芸の一つも出来ない彼に会社経営など出

来るわけがないじゃないか——私の胸には彼への説明のできない憤りが再び再燃し始めていた。彼が経営者として成功しようが破綻《はたん》しようが私には関係のない話であるのに、何故彼の行く末までをも私は心配しているというのだろう。

「……別に言ってもらっても構わない。部長がバイであることは公然の『秘密』だからな」

苛々するままにそう言い捨てる私の顔を、彼がおずおずと覗き込んできた。

「君はどうなる」

「……好きにするがいいさ。僕はゲイだ」

本当に——私はどうかしていた。自分の性指向を恥じたことはない。が、この国では大声で主張できるものではないという事実は誰より認識しているはずだった。同種の指向をもつ者は目と目を合わせただけで同類であると察する。これまでそうして『パートナー』を得てきた私は、自分がゲイであることをこんな風に他人に打ち明けたことなどなかった。

さすがに甲斐も私のこの『告白』には驚いたのか、言葉を失って立ち尽くしている。

「どういう理由で君があの場にいたのかは知らないが、部長の悪趣味な悪戯に付き合わされた君に、謝ってもらう必要など何一つないよ」

さらに募る苛々が私の言葉に棘《とげ》を生む。益々《ますます》言葉を失う甲斐の顔に、まるで弱者をいたぶっているかのような己の振る舞いを気づかされ、私は心の中で舌打ちすると、それじゃあな、と小さく言い捨てて再び踵《きびす》を返した。

「滝来」

　まるでデジャビュのように、甲斐が後ろから私の腕を摑む。

「なんだ？」

　手首を摑む彼の手の力強さに戸惑いを覚えながら振り返ると、甲斐自身驚いたような顔をして私の手を離した。

「なんだ？」

　再びそう問うても、甲斐は困ったような顔をして黙り込んでいるだけである。私は聞こえよがしに溜め息をつくと、無言で立ち尽くす彼に背を向け、足早にその場を立ち去った。


　その日はまさに厄日だったようで、仕事でもトラブルが勃発し続け、対応に追われているうちにフロアで一人になってしまった。ついてない日はとことんついていないらしい。終電を諦《あきら》めた途端、仕事の効率が下がったこともあり、私は気分転換のために社食にコーヒーを買いに行くことにした。

　時計を見ると既に午前二時を回っている。こんな時間、社内にはどれだけの人間が残っているのだろう、などと考えながら下りのエレベーターを待っていた私は、戸が開いた瞬間言葉を失い立ち尽くしてしまった。

「滝来」

やはり驚いたようにエレベーターの中で目を見開いていたのは——甲斐だった。

「残業か」

私はすぐに我に返ると、まるで何事もなかったかのように笑顔でエレベーターへと乗り込んだ。

「ああ……君も？」

甲斐も笑顔になってそう返してくれたが、その顔が引き攣っているように感じたのは私の気のせいとは思えなかった。

「ああ。ちょっとね」

朝のやりとりが頭に浮かぶ。やはり『ゲイ』などと言うべきではなかったか、と今更のことを思いながら頷いた私に、

「珍しいな。君がこんな時間まで残っているなんて」

と甲斐は必死になって言葉を繋いできた。

「………」

何故そんな無理をしてまで、私と会話を続けようとするのだろう——私は首を傾げかけたが、やがて、なんだ、と納得した。

多分彼は、『ゲイ』である私を他と区別しないよう心がけているのではないだろうか。区別どころか差別されたところで応えるものではないのに、本当にどこまでも真面目で公平な男だと、思わず溜め息をついた私に、

「疲れたのか？」

とやはり無理に作ったような笑顔で甲斐がそう尋ねてきた。

「別に」

私の中にまた苛立ちが芽生え始める。作ったような彼の笑みも、おどおどとした眼差しも、語尾を濁らす不明瞭な声音も、何もかもが気に入らなかった。無理をすることなどない、とでも言ってやろうか、と私は溜め息をつきながら真っ直ぐに甲斐の顔を見やった。

「なに？」

やはりおどおどとした声で甲斐も真っ直ぐに私を見返してくる。視線が絡まり、何故だか言葉を失ってしまったそのとき、エレベーターは地下の社食のあるフロアに到着した。音を立てて扉が開く。真っ暗な社食はさすがにこの時間は無人のようで、私たちは意味なく目を見交わしたあと、二人して無言のまま自販機コーナーへと向かった。機械のディスプレイの灯《あか》りがぼうっと辺《あた》りを照らしている。

「あのさ……」

機械に向かい合ってもコーヒーを買うでもなく、しばらく佇んでいた甲斐がぼそりと小さ

な声を出してきた。

「ん？」

陰影が彼の顔から表情を奪っている。買うなら早く買え、と言えばいいものを私もまるで呆《ほう》けたように、不自然に白い灯りにぼんやり照らされた、まるで見知らぬ人のごとき彼の顔を眺めていた。

「……君は……部長が好きなのか」

甲斐がゆっくりと私の方へと視線を向けながら問い掛けてきたその言葉は、私を驚かせるに充分だった。

「なんだって？」

問い返すと、甲斐は一瞬黙り込んだが、やがて意を決したような声で、

「君は……本当に部長のことが好きなのか」

と再び同じ問いを口にした。

「…………」

一体この男は何を言い出したというのだろう。呆然と立ち尽くしながらも気づけば私はゆっくりと首を横へと振っていた。

「好きじゃないのか？」

『好き』などという言葉を聞いたのは何年ぶりになるだろう。好き嫌いなどという感覚はと

うに私の中からは消え失《う》せていた。部長との関係に己の感情を省みたことなどなかった。そこにあの男がいたから抱かれた。それだけの話だ。

「好きじゃないんだな？」

好きも嫌いもない。それほどの興味を抱くほどではない男だ。甲斐の問いに首を横に振りながら、もし彼が、「それならば嫌いか」と問い掛けてきたときも、私は同じように首を横へと振るのだろうと思うと、なんだか無性に可笑《おか》しくなった。

「滝来？」

くすくすと笑い始めた私に、戸惑ったように甲斐が声をかけてくる。なんでもないよ、と言う意味で首をまた横に振ったことでこみあげて来た笑いを抑えられず、私は肩を震わせ笑い続けた。

「滝来？」

どうしたんだ、と甲斐が私の両肩の震えを抑えようとでもするかのように肩を摑む。

「…………」

あまりに近いところに甲斐の顔があることに驚き、私の笑いは止まった。

「滝来」

いつもはおどおどとしている彼の黒い瞳が、ぼんやりとした灯りを受けてまるで他人のそれのような、違う輝きを見せていた。私の名を呼ぶ彼の声も酷く掠《かす》れていて、尚更に彼を別人のように思わせる。

「……好きなわけがない」

答えた私の声も掠れていて、まるで他人のもののようだった。私の肩を摑む彼の両手に力がこもる。

「……それなら何故……」

問いを続けようとする甲斐の腕を振り払うように肩を揺すると、私は彼の首へと縋りつきながらその唇を――塞いでいた。

4

「……っ」

彼が息を呑んだのがわかった。が、開いた唇の間から差し入れた舌を吸い上げてきたのは彼の方が先だった。

「…………」

不意にそのことが私を我に返らせた。一体何をしているというのだ、と唇を離そうとした私の背を、彼は力強く抱き寄せてきた。よろけるようにして倒れ込んだ彼の胸板が厚いことに驚いた。着やせするのだな、などと冷静なことを考えている私と、私の口内を侵す彼の舌の熱さに膝を震わせている私がいた。

「……っ」

息継ぐ暇もないくちづけから逃れようと背ける顔を追いかけ、尚も私の唇を捉《とら》えようとしているのが甲斐だとは思えなかった。ぴたりと密着させられた下肢から彼の昂《たか》まりが伝わってくる。背中を撫《な》でまわす手も酷く熱い。

甲斐がこんな強引なキスをするような男だという認識がなかっただけに、腰が引けてしまった私は彼にリードを許す結果となっていた。甲斐の手が背中から腰へと下りてくる。上着を捲《まく》り上げ、スラックスの上から尻を摑まれたとき、私は思わず目を開き、彼の顔を見上げてしまった。

割れ目に指を食い込ませるようにしてぎゅっとそこを摑んでくるのは本当に私の知っている甲斐なのか——私の視線に気づいたように甲斐もうっすらと目を開ける。かちりと音がするほど目線があったにもかかわらず、彼の手が退くことはなかった。

「…………」

どちらともなく唇を離し、私たちは抱き合ったまま見つめあった。唾液《だえき》に濡れた彼の唇が、自販機のディスプレイの白い灯りを受けて煌《きらめ》いている。その光に吸い寄せられるかのように私は再び目を閉じ、彼の胸に身体を預けた。彼の唇が降りてくる。

くちづけを交わしながら、ぐいと彼が私の下肢を自分の方へと引き寄せてきたとき、合わせた唇の間から我ながら熱い吐息が漏れた。キスだけでここまで興奮できるのは社内というシチュエーションのせいなのか、彼の雄の熱さを太腿に感じながら、同時に彼もまた私のこの昂まりを感じているのだろうと思うと、それだけで私の雄はさらに硬さを増した。

くちづけの合間合間に聞こえる、彼が堪え切れないように漏らす息の音も私を煽り、気づいたときには私は彼に縋りつくようにしてそのスーツの背を握り締めてしまっていた。

「…………」

唇を離し、甲斐が私を真っ直ぐに見下ろしてくる。

「……人が来たらどうする」

掠れた声で囁くと、甲斐は暫し黙り込んだあと、

「……誰も来ないところへ行こう」

と目を細めて笑った。


『誰も来ない場所』として甲斐が選んだのは——部長室だった。眉を顰めた私の背を促すようにして甲斐は部屋に入り、ボタン錠をかけた。

「…………」

自然と責めるような視線を向けてしまった私に甲斐は、

「ここしか鍵《かぎ》がかかる部屋がないから」

と私の手を取り、来客用のソファへと導いた。

「…………」

煌々《こうこう》と灯りのついた室内で見る甲斐は、いつもの甲斐のように見えた。先ほどまでの見知らぬ男の雰囲気が払拭《ふっしょく》された彼の手が私の方へと伸びてくる。

「……どうして……」

その手を避けるように身体を引きながら、私は彼に今更の問いを投げかけた。

「どうして？」

甲斐の手が宙に浮いたまま一瞬止まった。沈黙が二人の間に流れる。カチカチと時計の音だけが響く室内で、私たちは急速にいつもの自分達を取り戻しつつあった。

「どうして……」

再びそう呟いた甲斐の目には、私を苛つかせるおどおどとした光が戻っていた。自然と眉を顰めてしまった私の顔に視線を注いでいた彼の目は、どうしようとでも言うかのように泳ぎ始めた。

「……どうして、この部屋なんだ」

今まで自分は何をしていたのだろう、という思いが、私の声を尖《とが》らせた。と、甲斐は驚いたように目を見開くと、まじまじと私の方を見返してきた。

「部屋？」

「……ああ？」

心底意外そうな甲斐の声に、今度は私が戸惑う番だった。再び訪れた僅《わず》かな沈黙のあと、甲斐は初めて気づいたかのように、

「あ」

と小さな声をあげた。

「すまない……ここを選んだのは別に、わざとじゃないんだ」

またもおどおどとそう答える彼に、私は内心呆れ果てていた。鈍いのにもほどがある。朝、この部屋で部長との濡れ場を目撃したということをもう忘れてしまっていたとでもいうのだろうか。部長と私との関係を言及しておいて、その部長の部屋を使うのに何の意図も——それどころか躊躇《ためら》いや遠慮も感じなかったというのだろうか。

鈍感なのにもほどがある、と言い捨てようとした私は、ふと、彼は私の『どうして』という問い掛けをなんと聞いたのだろうという疑問をもった。

「故意でも別にいいさ。それより君は……」

ここで私は、彼に何と問い掛ければいいだろうと迷い暫し口を閉ざした。甲斐はどこか思いつめたような顔をしてそんな私をじっと見つめていたが、私が口を開きかけたそのとき、

「好きなんだ」

と大きすぎるほどの声でそう告げ、私の手を握ってきた。

「……え？」

意外すぎる彼の行動に、思わず驚きの声を上げてしまったときから、再び形勢は逆転し始めていたのだろう。

「好きなんだ。君のことが……僕はずっと好きだった」

「…………」

熱い手だった。先ほど私の背を撫で回していたのと同じ熱さを握られた手に感じ、私は啞《あ》然《ぜん》としたまま彼の顔を見返すことしか出来ないでいた。

「自分の気持ちがわからなかった。君といるときに、何故僕は言いたいことの半分も言うことが出来ないのか、どうしていつも君の姿を目で追ってしまうのか、呆れられたのがわかるとき、何故こんなに胸が痛むのか、僕は全然自分の気持ちがわかっちゃいなかった。でも……」

何かに取り憑《つ》かれたように喋《しゃべ》り続けていた甲斐は、ここで一瞬言葉を詰まらせた。が、すぐに意を決したように、真摯《しんし》な瞳で私を見据えると、

「今日、君と部長が抱き合っている姿を見た瞬間、勿論驚いたは驚いたが、何故君の相手が部長なんだ、ということにしか僕の頭は働かなかった。どうしようもないくらい部長に嫉妬《しっと》している自分に気づいたとき僕は、同時に自分の気持ちにも気づいてしまった。僕は――」

とここで彼は私の手を今まで以上に強く握り締め、真面目すぎるほど真面目な顔で私にこう告げたのだった。

「僕は、君が好きなんだ」

「…………」

驚愕《きょうがく》が私のリアクションを緩慢にした。『好き』――甲斐の口からこんな言葉を聞こうと

は、私は想像すらしたことがなかった。

『好き』――なんという新鮮な言葉の響き。なんという青臭さ――冷笑を浮かべるはずの私の顔は、なぜか強張《こわば》ってしまっていた。私の手を握っていないほうの甲斐の手がおずおずとそんな私の頬に伸びてきた。そのまま彼に引き寄せられ、煌々と灯りのつく下で、私たちは再び唇を重ねていた。

嫉妬を覚えたはずの部長の部屋を使うことに対して何をも感じることがなかった鈍感な彼――まだ、見返してやろうと思ったというのが動機であるのだったら、私も納得できただろう――おどおどとした眼差しで私の心を許ろうとする彼、少しも自分に非があるわけではないのに、なにかというとすぐに謝罪の言葉を口にする、あまりにも要領の悪いこの男が、私の唇を塞ぎ、私の背を抱き寄せている。

何故――私は大人しく彼に抱かれ、彼が絡める舌を待ちかねていたかのように吸い上げ、抱擁を促すように彼の背に腕を回しているというのだろう。答えはあまりにも近いところにあったが、私はそれを認めたくはなかった。

常にその瞳の行方《ゆくえ》を追い、その行動のひとつひとつに苛々し、その胸にはいかなる思いを抱いているのかと呆れてさえいたこの男に、多分私も――自分でも気づかぬうちに惹《ひ》かれてしまっていたのだと思う。

「……っ」

唇を合わせながら、彼の手が私のタイをほどき始める。私も同じように彼のタイへと手をかけ、しゅるりと音を立てながらそれをソファへと落とした。どちらからともなくキスをやめ、それから後は自分で服を脱ぎ始める。

見事な体軀《たいく》をよくぞここまで隠していたと、彼の彫像のような半身を見たときに、私は思わず感嘆の息を漏らした。彼は眩《まぶ》しそうな顔で上半身を脱いだ私を見つめていたが、やがて腕を伸ばして私のベルトを外してきた。されるがままに私はスラックスを下ろされ、下着も靴下も脱がされてソファへと仰向《あおむ》けに寝転んだ。

「……綺麗だ」

感極まったような彼の声に、私は思わず笑ってしまった。途端に顔を赤らめた彼のベルトへと私は手を伸ばすと、かちゃかちゃと音を立ててそれをはずし始めた。

「…………」

スラックス越しにも彼の雄が屹立しきっているのがわかり、私は思わず手を止め彼を見上げた。彼はますます顔を赤らめたが、私の手を外させると自分でスラックスを下ろしにかかった。腹につくほど勃ちきったそれを晒《さら》しながら、彼がゆっくりと私の上に覆い被さってくる。

「……出そうだな」

彼の唇を受け止めながら、くすりと笑って私がそう言うと、甲斐は困ったような顔をして

「ああ」

と小さく頷いた。

「……男とやったことはあるのか？」

「…………ない」

聞く私も私だが、正直な彼の答えにはまた笑いが込み上げてきた。

「……そうだろうな」

「理論上は想像がつく」

真面目すぎる回答に、私はさらに込み上げる笑いを噛み殺しながら、彼の手を取り、自分の口元へと持っていった。戸惑ったような彼の眼差しを受けながら、その指を口に含んで唾液で濡らす。

「最初は慣らしてくれないと入らない」

指を口から離してそう言うと、甲斐はこれほど真剣な顔はないだろうというくらいに真剣に頷き、私が濡らした指をそっと後ろへと回してきた。

「……っ」

おずおずと差し入れられた指の質感にかすかに眉を顰めると、甲斐は心配そうに私の顔を覗き込んできた。

「……いいから……」

言いながら私は彼の首へと縋りつき、腹で彼の雄を擦《こす》った。

「……っ」

先走りの液の生暖かさを感じながら両脚を彼の背にかけ、腰を浮かせてその指を待つ。おずおずとした動きを見せていた指を締め上げるように動く後ろに、甲斐は驚いたように息を呑んだが、やがて激しくそこをかき回し始めた。

「……あっ……」

小さく息を漏らしながら、私はさらに彼に身体を擦り寄せ、その雄に自分の雄を近づける。早く、というこの意思表示を珍しくも敏感に察した彼が身体を離し、ひくひくと蠢くそこへ、屹立しきった雄を捻じ込んできた。

「……っ」

加減がわからないからだろう、いきなりの突き上げに瞬時息が止まるような痛みを感じたが、彼が腰を動かすうちにすぐにそれは快楽へと変じた。

戸惑いながらも激しい突き上げをしてくる彼の、逞《たくま》しすぎるほどに逞しい背に縋りつき、私もその動きに合わせて激しく腰を揺っていた。忍耐の極限まで彼は達するのを堪えているようで、何故だろうと思いながら顔をあげると、

「……君はっ……君は…どうしたら……っ」

と息を乱しながら尋ねてくる。そういうことか、と私は彼の手をとると、自分の雄へと導

いた。ああ、と彼は笑いながら、既に勃ちきっていた私の雄をやにわに扱《しご》き始めた。

「……あっ……」

後ろを突き上げられながら激しく前を扱かれ、私は大きな声を上げながら彼の下で身体を仰け反らせた。腰の動きのピッチが早まり、そろそろか、と思ったときに彼は私の後ろで達したようだった。同時に私も彼の手の中で達し、はあはあと荒い息の下、私たちは二人して互いに見つめあった。

「……好きだ……」

ぼそりと呟きながら、甲斐が再び唇を落としてくる。

「…………」

いたたまれないような不思議な思いを——笑ってしまうでもない、羞恥でも、勿論嫌悪でもない、自分でもよくわからない思いを胸に私は彼の唇を受け止め、筋肉が綺麗に盛り上がるその背に腕を回したのだった。


翌日、私は課長に呼ばれ、研究部への異動を申し渡された。

「いやなら断って貰うよう、本部長に申し入れてみる」

とまで言っては貰ったが、私はこの話を二つ返事で受けることに、実は心を決めていた。理由は簡単である。異動先で私に仕事を引き継ぐのは、誰あろう彼――甲斐であったからだった。

自分でもどうしたのかと思わないではいられない。彼が会社を辞めるまでのひと月を、私は出来るだけ彼と共に過ごしたいと思ってしまっていたのだった。課長は心底意外そうな顔をしながらも、

「そのうち引き戻すから、待っていてくれ」

と私の心中などまるで察していないような、温かな言葉をかけてくれた。

異動が決まった、ということはすぐに甲斐には連絡した。

「そんな」

申し訳なさそうな声を出す彼に、私はいいのだ、と笑ってみせたが、その理由が当の本人である彼との時間を共有したいからだということは口に出すまいと思っていた。

西尾部長は上機嫌で、相変わらずちょっかいをかけてきたが、私は忙しいと言って、彼の誘いを一切断った。部長はそれを、私が気に染まぬ異動を拗《す》ねているのだろうと、相変わらず勝手な解釈をしてくれているようで、

「機嫌が直るまではしかたがないなあ」

などと笑い、自分に余裕のあるところを私に示そうとしていた。が、私は二度とこの男に

抱かれるつもりはなかった。

別に甲斐に対して義理立てをしようと思ったわけではない。単になんというか——快楽を求めるだけのセックスが億劫になってしまったのだった。

そう自己分析していたにもかかわらず、甲斐とはあの初めての夜以降も、引継ぎが深夜に及ぶようなときにはどちらからともなく手を引き合い、部長室のドアを開いていた。

甲斐は何故か、いくら誘っても私の家には来ようとはしなかった。私の素行を疑って、他の男と——まあ、彼の想像では多分部長だろうが——バッティングをすることを怖《おそ》れているのかと思い、ためしにふざけてそう聞いてみると、そんなことはない、とむきになって否定しながらも彼は、なんとなく嫌なのだ、とぼそりと私に告げたのだった。

「…………」

いや、と言われて私の胸は微《かす》かに痛んだ。何が『嫌』なのかは聞くまでもない。その部屋で私が部長に抱かれていたという事実が彼の嫌悪を呼び起こしているに違いなかった。

「嫌みだな」

思わずそう言い捨ててしまったのは、自分の胸の痛みを誤魔化すためだったのだが、甲斐は私の言葉の意味がわからない、ときょとんとした顔をしているだけだった。相変わらずの鈍感さは、私をひどく苛つかせもしたが、今回ばかりはその鈍感さに救われる思いがした。

それ以来私は彼を家に誘うことを諦め、彼と手を取り合い唯一フロアで施錠が出来る部屋である部長室で、深夜彼と抱き合い続けた。

もう一つ、私たちが意識的に避けている話題があった。彼の実家の父親の話である。

父親の容態は、今日明日にどうこう、という話ではないらしいが、寝たきりの状態であることにはかわりなく、店は今、甲斐の母親が切り盛りしているとのことだった。父親の看護と店の経営で、母親の方が倒れそうになっている、と一度だけ甲斐は零したことがあったが――甲斐には兄弟がなく、父母が頼りにするのは彼のみであるということだった――私が黙り込むと、それ以上彼は家のことを語ろうとはしなくなった。

そう――ひと月後には、必ず彼は九州へと帰らなければならないのだ。それは変えようのない事実として、私たちの前に頑として横たわっていたが、私たちはなるべくそのことから目を背けようとしていたに違いなかった。だいたい私たちの逢瀬の場が、社内に限られているのは、土日のたびに彼は九州の実家へと戻り、両親の様子を見に行っていたからである。

金曜日の夜、六時の夜行で九州に向かう彼に、飛行機で行けばどれだけ時間のロスが減るかと私は毎回呆れてみせるのだったが、彼は「飛行機は苦手だから」というあまりにもレトロな理由で――といいつつも、日曜日に帰京するときにはさすがに夜行では時間の無駄と、我慢して飛行機で帰ってくるのだったが――毎金曜日には、引き継ぐ私に頭を下げ定時に社を出るのだった。

月曜日、疲れた顔で出社する彼に、実家の様子を聞いてやればいいものを、私は意地になっているかのようにその話題をふらなかった。着々と引継ぎが進む中、私たちはまるでわざとのように何か問題を起こしては、深夜まで二人して額を合わせて机に向かい、フロアが無人になるとどちらからともなく立ち上がって、部長室の扉を開くのだった。

月日の流れるのはあまりにも早い。三週間が経ち、ほぼ全ての引継ぎを終えた頃に、別の同期から私は甲斐が独身寮の引っ越しの日程を決めたという話を聞いた。私には何も言わないが、九州へと戻る準備は着々と進んでいるらしい。それを責めようという気には、どうにも私はなれないでいた。言わないことが彼の思いやりだということが、痛いほどにわかっていたからである。

そう——私たちの関係は、あと一週間だということは、暗黙の了解として互いの胸中にあった。少なくとも私はそう思っていた。あと一週間であるからこそ、私たちは寸暇を惜しんで抱き合い、あらゆる時間を共有したいと願っているに違いなかった。

終わりの決まっている関係はなんとラクなものか、と私は彼と抱き合いながら一人笑ってしまうこともあった。終わりがあるからこそ私たちの行為はこの上なく激しく、互いを求める思いはこの上なく強い。あと一週間で甲斐は自分とは全く関係のない男になる。そのことが私に安堵を生み、あらゆる忍耐から私を解放した。

抱かれたいと思えば私はすぐそれを口にし、声が聞きたいと別れたばかりであるのに家に電話をかけたりもした。甲斐はそんな私の我儘《わがまま》をみんな受け入れ、全ての彼の時間を私のために費やそうとしてくれた。私たちはまるで恋を覚えたばかりのティーンエイジャーのように、何から何まで行動を共にしており、実際それが楽しくて仕方がなかった。

恋をしたばかりの――。

彼の私に対する思いは確かに『恋』であろうと想像は出来たが、はたして私の彼に対する思いが『恋』であるかということは、自分でも首を傾げずにはいられなかった。

終わりが見えている関係、ということが私を安堵させ、同時に私を酔わせているだけなのではないだろうか。

おどおどとした瞳を持つ彼を、鈍感すぎるほどに鈍感なこの男を――好きだ、という自覚は、どう考えても持てるものではなかったからである。

『好きだ』

初めて彼に告げられたとき、それこそティーンエイジャーのような彼の言葉に私は思わず吹き出しそうになってしまったのだった。

好きとか嫌いとか、そういった青臭い言葉を口にする彼を私は心底羨《うらや》ましいと思ったし、また同時に馬鹿にもしていた。何の躊躇いもなく好きと告げられる彼の瞳がいかに澄んでいるかを私は知っている。こんな澄んだ瞳をしていた時期が果たして自分にはあっただろうか、などとそれこそ馬鹿馬鹿しい思いに囚《とら》われもしたが、その澄んだ瞳で『好きだ』と告げられることには決して悪い気持ちはしなかった。

そうこうしているうちに、彼の退職の日は三日後に迫り、私たちはいつものように深夜二人になるまでフロアに残ったあと、部長室で抱き合っていた。

あと三日——三日が経てば、私は前の課長にやはり営業に戻りたいと告げようかな、などと思いながら、彼の唇が首筋から胸へと落ち、胸の突起を舌先で転がしてくるのに、小さく息を漏らした。

このひと月、ほぼ毎日のように抱き合ったおかげで、彼は私が何処が感じるのか、どういう行為を好むのかをすっかり把握してくれていた。どうせ抱き合うのだから、と最近はシャツの下は素肌で出社していた私は、彼がボタンを外してくれたシャツを自ら脱ぎ捨てたあと、彼の頭を抱えるようにして自分の胸へと押しつけた。その動きに応えるように彼が私の胸を嚙む。

「……っ」

仰け反る背を抱き締めながら、彼は執拗《しつよう》に私の胸を攻め、捩る腰を押さえつけるようにしてスラックスを下着ごと下ろしてきた。

剝《む》き出しの下肢を乗せる革張りのソファの冷たさが心地いい。自ら脚を開いて彼の身体をその間へと導きながら、さらに強く胸を嚙まれた私が高く声を上げたそのとき、かちゃ、と鍵の回る音がしたかと思うと、徐《おもむろ》に部長室のドアが開いた。ぎょっとして身体を起こした私は、ドアの向こうで怒りに身体を震わせている彼に——西尾部長の姿に、言葉を失ってしまった。

「何をしている！」

つかつかと室内に入って来た部長は、呆然とその姿を目で追っていた甲斐の肩を摑んで私から引き剝《は》がそうとした。私は慌てて身体を起こすと手早く前を閉じ、下ろされたスラックスを引き上げた。そんな私の動きに気づいた部長は今度は私へと、向かってくると、

「私の部屋でどういうつもりだ！」

と怒声を上げながら右手を高く振り上げた。殴られる、と思った私が身体をかわそうとするより前に、

「やめろっ」

という大きな声とともに甲斐が部長の腕を摑み、さらに怒りに顔を歪《ゆが》めた部長の襟首を摑んだかと思うと、私が止めるより先にその顔を拳《こぶし》で殴りつけていた。

「おいっ」

驚いて立ち上がった私の目の前で、部長の身体は壁際へと吹っ飛んだ。

「貴様っ」

部長は切れた唇を拳で拭《ぬぐ》いながら、自分を殴った甲斐を睨みつけている。

「殴りたければ殴れ！　滝来には指一本触れさせない！」

凛《りん》とした声が室内に響き渡り、私は唖然としてその声の主を——肩で息をしている甲斐の顔を、見つめることしか出来なかった。

「馬鹿か貴様……こいつの身体にたぶらかされたか」

唖然としたのは私だけではなかった。やはり唖然としていた部長は、自分が言葉を失ったことを恥じるかのように、そう毒づいて私を見た。

「それ以上言うな」

甲斐の顔が歪んでいる。またその拳を使いかねない雰囲気を察したんだろう、部長は、やめろ、と言うように身体の前で手を広げると、

「辞めるから何でも出来ると思うなよ」

と脅かすようなことを言ったが、すっかり腰が引けてしまっていていつもの威厳はまるでなかった。

「辞める辞めないは関係ない」

甲斐の瞳には憎しみにも似た焔《ほむら》が立ち昇っている。部長は口惜しげな顔をしながらも、これ以上殴られでもしたらつまらないと思ったようで、忌々《いまいま》しそうに舌打ちしたあと、私に向かって、

「これで済むと思うなよ」

とあまりに情けない捨て台詞《ぜりふ》を残し、部屋を出て行こうとした。

「待てっ」

後を追おうとする甲斐を、私は思わず羽交い絞めにして止めていた。部長は一瞬私たちの方を振り返ったが、やがて無言で部屋を出、ドアを閉めた。

「何故止める？」

心底意外そうな顔をした甲斐が、大声でそう問い掛けながら私を振り返ったとき、その瞳の熱さに私は思わず絶句してしまった。

私が彼を止めたのは、今後のことを考えたからだった。甲斐が去ったあと、上手《うま》く営業に戻るためには部長には大人しくしてもらわないと困る。ここで甲斐がまた部長を殴りでもしたら、どんな嫌がらせをされるかわからない。そういう打算からだったのだが、彼の真摯な瞳の前ではそれを口になど出来なくなった。

「…………」

絶句した私を暫《しばら》く見つめていた甲斐が、身体を返し、私のことを抱き締めてきた。

た。

ぎゅっと背中を抱き締めてきながらそう囁く彼の言葉の意味が、最初私にはわからなかった。

「……え？」

何が大丈夫なのか、と内心首を傾げかけた私に、甲斐は真剣な口調のまま、

「君は僕が守るから……」

と熱く囁いてきた。

「……そんな……」

一体何を言っているんだ——意味がわからないどころか、あまりに馬鹿馬鹿しいその言葉に私は笑いそうになった。が、彼はそんな私の様子に気づくことなく、さらに驚くようなことを私に囁いてきたのだった。

「一緒に……九州に来てくれないか」

「……え？」

信じられない言葉に、私の思考は一瞬止まった。

九州——？　この私に九州に来いという彼の思いは一体どこにあるのか——。

呆然とした私の身体を離した甲斐は、私の目を見つめると、

「九州に一緒に来て欲しい。両親は必ず説得する。このまま君と別れるのは嫌だ。君をここ

に残してはいきたくない。頼む。どうか一緒に来て欲しい」

とあまりにも真剣にそう告げたのだった。

「そんな……無理だ」

そう――あまりに無理な話だ。この会社ごときでは飽きたらず、これから世界に目を向けていこうとしている私に、九州に来いというのか。

それに『両親を説得』？　なんといって説得するというのだ。跡取息子は男が好きだと――？　寝たきりの父親にそれを告げるというのだろうか。

「無理じゃない。何年かかってでも説得してみせる。だから滝来、お願いだ」

私の心中などまるで察することのできない目の前のこの鈍感な男は、さらに真剣な口調でこう言った。

「僕と一緒にこれからの人生を歩んでいってくれないか」

「…………」

プロポーズか――しかもこんな陳腐なプロポーズを、今時する男がいるのだろうか。

――いたな、ここに、と思いながら、私は無言で彼の顔を見上げていた。彼は何も言わない私に代わって、いつもの彼からは考えられないくらいに饒舌《じょうぜつ》に私に愛を語り始めた。

「このひと月、君とどうしたら別れずにすむか、それだけを考えていた。優秀な君に、九州に来て欲しいとはどうしても言い出すことが出来なかったが、かといって僕が会社を辞めずにすますということも、父母のことを思うと出来なかった。なんとか君との関係を続けていきたい、君との未来を築いていきたい――それだけが僕の願いだった。過分な願いだということはわかる。君には僕はとても相応しくないということもわかる。それでも僕はどうしても君を諦めることが出来ないし、どうしても君とは――」

甲斐はそう言うと私の肩を摑む手にぎゅっと力を込めた。

「どうしても君とは――別れたくないんだ」

潤んだ瞳がじっと私を見下ろしている。なんということだろう。私が『終わり』だけを考えていたのに反し、彼は『これから』を考え続けていたとは――。

『これから』など――彼との未来など、私は思い描いたことすらなかった。ひと月で終わる関係、後腐れのない仲だと思えばこそ、彼にここまでのめり込めたのであり、それこそ彼と共に歩む『これからの人生』は私の人生の指標にはどこにも存在しないものだったのだ。

馬鹿馬鹿しい話だ。地方都市の客商売、聞けば老舗《しにせ》の和菓子屋で、一体彼はなんといって両親を説得しようというのだろう。よしんば説得できたとして、彼は何を求めて私に一緒に九州へ来いなどと言い出したのだろうか。

「愛しているんだ」

その言葉を口にした瞬間、彼の瞳から涙が零れ頰を伝って落ちた。私はその水滴の行方を呆然と見詰めながら、彼の前で俯いていることしか出来なかった。

愛している——愛している？

馬鹿なことを言うな、と笑い飛ばしてしまえばいいものを、私は口を開くことすらできず、じっとその場で固まってしまっていた。甲斐は照れ臭そうに頬を流れる涙を指で拭うと、

「……考えておいてくれ」

と告げ、私の肩を再びぎゅっと握り締めた。

考えるもなにも——選択のしようがないじゃないか。

九州になど行くつもりはなかった。この社でＭＢＡ留学し、向こうでコネをつくったあと会社を辞める。そのまま外資に雇われるもよし、国内企業のヘッドハンティングにあうもよし——そんな人生設計をたてている私が、九州へ行くなどあり得ないことだった。

「もし、ＹＥＳと言ってくれるのであれば、今度の週末——最終日の翌日、一緒に九州に来て欲しい」

真摯な瞳で語りかけてくる甲斐の声は、もう私の耳には響いてはこなかった。私はなんと言って断るか、そればかりを考えていた。

「いつもどおりの東京発十八時三分のはやぶさで帰る。来たくなければそれでいい。ただ僕は——」

甲斐はそこで一旦言葉を切り、じっと私の目を覗き込んだあと、

「どうしても来て欲しい……と思っている」

といって私の肩を一瞬強く握り締め、その手を離した。

「…………」

断る必要はなかったか――私の胸に浮かんだのは、そんな安堵の想いだった。鈍いようでいて、甲斐はもしかしたら誰より人の心を思いやることが出来る男なのかもしれない。多分彼は、私がNOと言うことを見越しているのではないかと思う。それで、私に行く行かないで意思表示をさせようとしてくれたのではないだろうか。

「…………」

やられたな、と内心笑った私は、気づかぬうちに今まで彼の手が置かれていた自分の肩を摑んでいた。

「帰ろう」

もう四時だ、とまるで何事もなかったかのように甲斐は私に告げ、私も何事もなかったかのように頷いて社を後にしたのだった。

それから三日後、甲斐は会社を辞めていった。地味な退職だったが、一応皆の前で挨拶《あいさつ》はした。

「ご迷惑をおかけし申し訳ありませんでした」

深々と頭を下げる甲斐に、部長が嫌みを言うのではないか、と案じたが、杞憂《きゆう》に終わってほっとした。あのあと部長からは再三電話があったのだったが、適当に応対しながら機嫌をとっていたのが功を奏したのかもしれない。週明けには私は彼と彼の所有する軽井沢の別荘を訪れることになっていた。

「それじゃあ」

エレベーターホールまで送ったのは私一人だった。甲斐は何か言いたそうな顔をしたが、無理やりのように微笑むと、

「じゃ」

と片手を上げ、丁度きたエレベーターへと乗り込んでいった。扉が閉まるまでの間がひどく長く感じる。

「明日……」

甲斐が口を開きかけた瞬間、チン、と音がして扉は閉まり、彼の姿が見えなくなった。

終わったな。

エレベーターの表示が下へと降り、一階で止まるのを見送った私は、このひと月の彼との関係の終わりを確信し、一人溜め息をついた。

まるで夢の中にいるような一ヶ月だった。私でありながら私でない私が、このひと月、彼

の腕に抱かれていた。彼を失った今、私はいつもの私に戻ればいい——それだけの話だ、と私は再び溜め息をつくと、自分の席へと帰るべく踵を返したのだった。

そして——。

『終わった』はずであったにもかかわらず、翌日の夕方六時前に、私は東京駅のホームに佇んでしまっていた。

九州になど行くつもりは勿論ない。行くつもりがないのであれば、この場にいること自体、行動に矛盾があるとは思うのだが、部屋の時計が六時へと向かって刻々と時を刻むのを見るに耐えかね、ついにここまで来てしまった、というのが正直な気持ちだった。

ホームには人が溢れていて、とても甲斐の姿を見つけることは出来なかった。彼は一体どうやって私と落ち合うつもりだったのだろう、と相変わらずの手配の悪さに私は一人苦笑した。

おどおどとした眼差しの、鈍感すぎるほどに鈍感な男が、東京を離れひとり故郷へと戻ってゆく——。

それを見送ってやろうとしただけなのだ、と私は自分の行動に理由を見出《みいだ》し、なんとなくほっとしながらそれでも目では彼の長身を探してしまっていた。

そろそろ発車の時刻になる。見送り客に注意を呼びかけるアナウンスが駅のホームに響いた。

これで本当に終わるのだ——。

発車のベルが聴覚を奪うような大きな音で鳴り響いている。プシュ、と音を立ててドアが閉まる、それを見ながら私はゆっくりと走り始めた列車の窓をぼんやりと見つめ——。

「あ」

そこに甲斐の姿を見出し、思わず小さく声を上げてしまっていた。その声がまるで聞こえたかのように、甲斐が私の方を見て、あ、と大きく口を開けたのがわかった。

「…………」

気づいたときには私は数歩前へと歩み出していた。だんだんとスピードがあがる列車の中、通路を後ろへと走りながら私の名を叫んでいるのが、車窓の向こうに見える。

『滝来』

列車の走る轟音《ごうおん》で聞こえぬはずの彼の声を、確かに私は聞いた気がした。同時に彼の真摯過ぎるほどに真摯な瞳が、私の肩を摑んだあの手の力強さが、一気に私の内に蘇り、思わず私はまるで列車を追うかのようにまた数歩前へと歩み出してしまっていた。

『愛している』

馬鹿馬鹿しい。何が愛しているだ。何が一緒に人生を歩いていきたいだ——彼を乗せた列車が私の前から遠ざかり、青い車体がぼんやりと霞《かす》んでゆく。それが自分が流している涙のせいであることに長い間私は気づかず、じっとホームに佇みながら、列車が小さく、それこそ見えなくなるまで見つめ続けてしまっていた。

『愛している』

愛など——私たちの間に存在したのだろうか。

存在したからこそ、今私は引き裂かれるような胸の痛みに耐え、こうして涙を流し続けているのだろうか。

ついていけばよかった——その考えが頭に浮かぶことはなかった。が、不審に思った駅員が声をかけるほどに長い間、私はホームに立ち尽くしてしまっていた。

多分私は——待っていたのだろう。次の駅で甲斐が列車を降り、私のいるこの駅へと引き返してくれるということを。

頭では彼が決して戻ってなど来るわけがない、とわかりすぎるほどにわかっていたにもかかわらず、その場を立ち去ることが出来ない己の馬鹿馬鹿しさに、私は一人苦笑した。

戻って来るわけがなかった。私が彼と一緒に九州へ行くという選択肢を初めから持ち得なかったように、彼にとってもまた、両親を捨て東京で私と共に生きるという選択肢など存在しなかったのだ。それに気付かぬ私ではなかった。

それでも――。

『愛している』

愛、か。と私はすっかり冷え切った身体を抱き締めながら、自分が呟いた言葉の陳腐さに思わず笑ってしまっていた。

そんな陳腐な言葉に惑わされるのはもうご免だ。私が私でなくなるのはもう――ご免だった。

それから間もなく私も会社を辞め、自費でＭＢＡをとるべく米国へと留学した。

ハーバードと並び称されるウォートン校に入学することが出来、二年後の卒業時には年俸十万ドルで各企業から声がかかるようになっていた。会社を代わるたびに年俸は増額し、そろそろ日本が恋しくなった頃には三十万ドルを越していた。

望んでいた成功を手に入れた私が再び日本の地を踏んだのは、渡米してから五年後のことだった。バブル崩壊後、少しも復調の見えない日本経済ではあったが、それだけにことを起こすのは今、と思って帰国した私は、勤め先にも恵まれ順風満帆な再スタートを切ることができた。

私が不在の五年の間に、西尾部長は役員に昇格し、常務にならずに退任、子会社へと出向していた。そして甲斐は——とても直接連絡をとる気にはなれず、帝国データバンクで彼の継いだという和菓子店を調べてみると、『堅実な経営で右肩上がり』との評価で、数字も悪くはなかった。

元気にしているのだろうか。

もしかしたら既に彼は結婚し、子供の一人や二人はいるかもしれない。

確かめてみようかな、とちらとそんな考えが浮かんだが、そんな郷愁を私は自ら押し殺し、頭の中から彼の面影を追い出した。

彼に会えば私はきっと、再び囚われてしまうに違いないということがわかりきっていたからだ。

愛という陳腐なその思いに——。

私を私でなくするその思いを抱かせる彼とはあれ以来、一度も逢ったことがない。

乙女の祈り

人の心を読むなど、容易《たやす》いことだと思っていた。

ビジネス上の相手であれば、その心中は百パーセント把握できるといっていい。恋愛の駆け引きをしかけてくる女たちの心情を読み取るのも容易かった。まあ、彼女たちの場合は『心情』というより『色と欲』に尽きたからだが、ともあれ、人の心が予測できずにあれこれと思い悩むという経験は、長瀬《ながせ》と付き合うようになって初めて得たもの。

付き合い始めの頃は、お互いがお互いの気持ちをまったくわかっていなかった。そりゃそうだろう。強姦された相手の気持ちなど、理解できるわけがない。

自業自得とはいえ、無理矢理抱いた時点で彼と身体《からだ》の関係以上の関係を結ぶことは諦《あきら》めていた。なのでこうして気持ちが通じ、共に暮らすことができる今の状況は奇跡としか思えない。

奇跡と思うからこそ、何より大切にしたい。そう願うようになった。米国本社への栄転を、滝来《たきらい》に呆れられながらも断ったのもそのためだ。

勿論、今の会社にこのまま勤め続ける気はさらさらないというのが最大の理由ではあった。本社で積むであろう経験には興味を惹かれはしたものの、その『興味』よりも長瀬との日常を選んだというにすぎない。

だが長瀬には何も言うまいと思っていた。彼はなぜああも自己評価が低いのかと不思議なのだが、なぜか俺と自分との間には格段の差があると思い込んでいる。

その上、気の優しい性格であるゆえ、俺が彼のために米国転勤を断ったなどと知れば、取り乱すに違いないとわかっていた。

取り乱すだけならともかく、己を責めるあまりに俺の前から姿を消しかねない。それゆえ隠していたというのに、お節介といおうかなんといおうか、滝来がわざわざ彼に知らせにいったと知り、つい俺は彼相手に激昂《げっこう》してしまったのだった。

ああ、そうだ。滝来の気持ちもわからないといえばわからない。俺と長瀬の仲を悪意――とまではいかないながらも悪戯《いたずら》心から引っかき回そうとしているというのであれば、腹が立つかどうかはさておき理解できないこともない。

どうもそうではないようだが、彼が如何なる意図を持って行動していようが、そう興味は惹かれなかった。

だが長瀬に対しては違う。彼の行動がどのような意志によってなされているものか、一つ残らず知りたいと思ってしまう。

俺もそう、言葉が多いほうではないが、長瀬もまた雄弁とは言い難い性格の持ち主だ。胸の中にはいろいろな思いが溢《あふ》れているだろうに、それを口にすることはあまりない。

だからこそ、知りたいと思う。彼の心情、すべてを理解したいと常日頃から思っているが、今回の名古屋転勤に関しては、いつも以上に俺は、彼の心情のすべてを、出来る限り早くに知りたいと願っていた。

転勤はサラリーマンであれば逃れることができないものだ。そんなことはわかりきっていたものの、実際長瀬から名古屋への内示が出たと聞かされたときには、一瞬頭の中が真っ白になった。

動揺していることを面に出せば、長瀬は更に動揺する。それがわかるだけに俺はできるだけ平静を装い、いつの発令だ、などと、さも彼の異動を受け入れているかのように振る舞った。

だがその夜、彼を抱いてしまうと離れがたさが募り、無駄とわかりつつもつい、会社を辞めて俺の下に来ないかという申し出をしてしまったのだった。

長瀬を悩ませる気はなかった——といえば嘘になる。おそらく八割、否、九割九分、長瀬が今の会社を辞めることはあるまいとはわかっていた。

常識人である上に、彼は思いやりに溢れる男だ。他者に迷惑をかけるよりは自分がその迷惑をひっかぶる、そんな男だとわかっているからこそ、黙って彼を送り出そうと思っていたはずなのに、にもかかわらず惑わすようなことを言ってしまったのはもう、俺の我《わ》が儘《まま》としかいいようがない。

長瀬とは違い、俺は自分勝手な人間だ。他者の迷惑など、かけられた『他者』側に問題があるのだろうと言い捨てることが普通にできる。

傲慢と言われることも多い。いつかしっぺ返しが来るだろう、くらいの言葉は日常茶飯事、いい死に方はしないに違いない、レベルの捨て台詞《ぜりふ》を常に言われている男だ。

自分でもそうだろうなと思うがゆえに、誰に何を言われようが気にすることはないが、こと長瀬に関してのみ、気持ちが鈍る。

長瀬には俺のそんな顔を見せたくない。彼に愛される男でありたいと、願わずにはいられない。

まあ、最初が『強姦』であるだけに、俺の非情っぷりは長瀬に既に知られてしまっているだろうから無駄な願いではあるのだが、ともあれ、奇跡的に手にした彼との関係を大切にしたいと願っていたにもかかわらず、我が儘を押しつけてしまったことを反省したものの、僅か一分の望みを俺は捨てることができなかった。

彼と朝から晩まで共に過ごす——想像するだけで夢のような日常である。自己評価の低い彼ではあるが、語学はできるしそこそこ営業センスもある。何より人に嫌われないという、持って生まれた性質は何にも代え難く、充分俺の右腕となるに相応《ふさわ》しい働きをしてくれるに違いない。

まあ、俺がそう言ったところで、長瀬は、彼の決まり台詞である『僕なんか』を口にし、信じはしないだろう。それがわかっていたから言わなかった――というわけではなく、そうして彼を自分へと縛り付けることを果たしてしていいものか、それを俺は迷ったのだった。

本当に、長瀬に関してだけ、俺は人としての心を捨てることができない。もしも本当に彼を自分のもとにおきたいと願うのであれば、迷うことなく説得にかかっていただろう。

己の我が儘を通すことで、長瀬を幸せにする自信もあった。何不自由ない暮らしを――金銭面だけじゃなく、愛に溢れた日常を彼に用意できる、その自負もあったが、俺がそうしなかったのは単に――長瀬に後悔させたくない、その思いゆえだった。

長瀬の気持ちが揺れ動いていることはわかっていた。その後の彼の心の動きも手に取るようにわかる。

が、最後の最後になると、わからなくなるのだ。

長瀬は何を望んでいるのか――。

俺と共にいたいと望んでくれているのか。それとも、会社へのしがらみを断ちかねているのか。

彼の望む選択をさせてやりたかった。俺が選ばせるのではなく彼に道を選ばせたかった。

彼のような、自分に自信の持てない人間に選択の指標を与えるのはある意味容易い。だが人間は自分の選んだ道以外の道を選ばされた場合、必ずといっていいほど後悔する。

その後悔を長瀬にはさせたくなかった――といえば聞こえがいいが、後悔した挙げ句に、俺との関係までもを後悔されることを、俺は恐れたのだった。

本当に、なんたる不甲斐なさ、と自嘲せずにはいられない。彼を失うことを恐れる俺の姿は、傍から見たらさぞ滑稽《こっけい》だろう。

まさにピエロだ、と呆れずにはいられないが、俺はただただ、長瀬が自ら己の道を選ぶことをじっと待ち続けた。

その選択が、彼と俺を分かつものであることを覚悟しながら——。

結論を言えば、予想通り彼は、名古屋行きを選択した。覚悟はしていたから、彼の選択を聞くより前に俺は父親に無理を言って名古屋の格安物件を探させていた。

いっそのこと俺も名古屋で仕事を探すか、と一瞬でも考えたというのは、恥ずかしすぎて長瀬に打ち明ける気もないが、週末には名古屋に通いまくろうと思っていたため、二人が過ごすのに最適と思われる環境を用意しようと思ったのだ。

部屋を長瀬に見せると、これまた予想どおり、彼は酷く恐縮した。だが、恐縮する必要は皆無なのだ。すべては俺の我が儘を通しただけなのだから。

そんな長瀬が俺のために車を買おうと言ってくれたのは嬉しかった。いっそのことプレゼントしようかとも思ったが、以前、車を買ってやるという話から彼と揉めたことを思い出し、口を閉ざしておいた。

あのときも俺は、彼の気持ちがまるでわからず戸惑いまくったのだった。本当になんたる情けなさだと我ながら呆れてしまう。

その目の動きから、黙りがちな口調から、告げられた言葉から、今、彼が何を考え、何を言おうとしているのか、そして彼の本心はどこにあるのかと、あれこれ思い悩む俺の心情はまさに、初めて恋をする乙女のそれそのものだといっていい。

まあ、実際俺の『初恋の相手』が長瀬であるゆえ、それも仕方のないことなのだが、自分のキャラクターには著しくあっていないと思わざるを得ない。

こんな姿を長瀬に知られたら、彼はさぞ幻滅するに違いない——などと思うこと自体が『初恋に悩む乙女』そのものだとわかるだけに、できることなら長瀬には気づかれずにいたいと願ってしまう。

長瀬は俺を過大評価しており、今回の名古屋行きも『俺に相応しい男になりたい』という動機からだと説明してくれた。

だが俺側からすれば、俺こそが彼に相応しい男たりたいと、日々願っているのだ。

彼の心を読まんとして思い悩むことなく、いかなる俺であろうとその心をとらえるだけの存在でありたい。

そう言ってやればよかったかな、と思いつつ、東京へと戻る新幹線の車内で目を閉じた俺の脳裏に、長瀬の顔が蘇《よみがえ》る。

『愛してる』

愛の言葉を告げてくれた彼に、俺もまた愛していると言い返した、その言葉が伝わっているといい、と、それこそ乙女のごとき願いを抱いてしまいながら俺は、まだ週が明けてもいない今から週末の逢瀬を思い、一人胸を滾《たぎ》らせた。

あとがき

はじめまして&こんにちは。愁堂れなです。

この度は二十二冊目のルチル文庫『serenade 小夜曲』をお手にとってくださり、どうもありがとうございました。

『unison シリーズ』も早七冊目となります。こうして長く続けさせていただけるのも皆様の応援のおかげです。本当にどうもありがとうございます。

果たして長瀬は名古屋に行くのか……というところで終わっていた前作ですが、結局こういうことになりました。

二人の決断、いかがでしたでしょうか。皆様のご感想、心よりお待ちしています。

今回本編に加え、以前サイトに掲載していた若き日の滝来さんのお話『帰らざる日々』を併録していただきました。

今まで、皆様からの評判はイマイチだった滝来ですが、実はこんな過去があったのでした。これで少しは彼の好感度が上がるといいなと祈ってます。

機会があったら、また滝来さんの話を書きたいです。是非、幸せにしてあげたいなと……(笑)。

その若き日の滝来さんを本当に美しく、そして長瀬を本当に可愛く、桐生をめちゃめちゃカッコよく描いてくださった水名瀬雅良先生に、心より御礼申し上げます。朴訥な甲斐も素敵です！

ラフをいただいたとき思わず、長瀬、可愛すぎるー!! と一人室内でジタバタしてしまってました。桐生とのツーショットも萌え萌えでした。滝来と甲斐の二人も本当に素敵で、大大大感激しています。

お忙しい中、今回も本当に素晴らしいイラストをどうもありがとうございました。

また、いつも大変お世話になっております担当様をはじめ、本書発行に携わってくださいましたすべての皆様にこの場をお借りいたしまして心より御礼申し上げます。

最後に何よりこの本をお手に取ってくださいました皆様に御礼申し上げます。

七冊目の『unison シリーズ』いかがでしたでしょうか。少しでも楽しんでいただけましたらこれほど嬉しいことはありません。

またも気になるところで終わっていますが、いよいよ二人にとっての新生活が始まる八冊目は季節が巡った次の冬頃に発行していただける予定です。

よろしかったらどうぞ、お手に取ってみてくださいね。

次のルチル文庫様でのお仕事は、来月『花嫁は二度さらわれる』（イラスト：蓮川愛先生）を発行していただける予定です。こちらは以前アイノベルズで出していただいたノベルズの文庫化となります。

そのあと続編も出る予定ですので、よろしかったらこちらもどうぞお手にとってみてくださいね。

また皆様にお目にかかれますことを、切にお祈りしています。

平成二十二年十二月吉日

愁堂れな
（公式サイト『シャインズ』http://www.r-shuhdoh.com/
ツイッター：http://twitter.com/renashu
メルマガ：http://merumo.ne.jp/00569516.html）

✦初出　serenade 小夜曲 ……………書き下ろし
帰らざる日々……………………個人サイト掲載作品（2003年1月）
乙女の祈り………………………書き下ろし

愁堂れな先生、水名瀬雅良先生へのお便り、本作品に関するご意見、ご感想などは
〒151-0051 東京都渋谷区千駄ヶ谷 4-9-7
幻冬舎コミックス　ルチル文庫「serenade 小夜曲」係まで。

幻冬舎ルチル文庫

serenade《セレナーデ》 小夜曲

2011年1月20日　　第1刷発行

✦著者　愁堂れな　しゅうどう れな

✦発行人　伊藤嘉彦

✦発行元　株式会社 幻冬舎コミックス
〒151-0051 東京都渋谷区千駄ヶ谷 4-9-7
電話 03(5411)6432［編集］

✦発売元　株式会社 幻冬舎
〒151-0051 東京都渋谷区千駄ヶ谷 4-9-7
電話 03(5411)6222［営業］
振替 00120-8-767643

✦印刷・製本所　中央精版印刷株式会社

✦検印廃止

ISBN978-4-344-82134-7　C0193　Printed in Japan